**오늘도 집사는 마감 중**

지은이 주노
펴낸이 임상진
펴낸곳 (주)넥서스

초판 1쇄 발행 2021년 7월 26일
초판 3쇄 발행 2021년 8월  3일

출판신고 1992년 4월 3일 제311-2002-2호
10880 경기도 파주시 지목로 5 (신촌동)
Tel (02)330-5500 Fax (02)330-5555

ISBN 979-11-6683-115-7    03810

www.nexusbook.com

# 오늘도 집사는 마감 중

글·그림 주노(JUNO)

Qrious

뭐해, 나랑 놀자냥!

츄르를
벌어와라냥!

이제, 일하러 갑니다.
오늘도 집사는 마감 중!

## 차 례

**1장**

AM    PM
10:00 - 01:00

# 어느 날의 관찰 일지

## AM 09:00

오늘은 주말, 왠지 늦잠을 자고 싶은 날이었다.
마음만 먹으면 난 3시간 정도는 거뜬하게 더 잘 수 있었다.
눈을 감고 더 자려고 했지만 겨울이가 날 깨웠다.
그만 자라는 듯 냥냥 울어댔다. 배가 고픈 모양이다.
난 어쩔 수 없이 일어나 겨울이에게 밥을 주고 다시 침대로 왔다.
근데 침대 위에 겨울이 장난감이 두 개가 올려져 있었다.
내가 잠든 사이 장난감을 물고 와서 침대 위에서 혼자 논 모양이다.

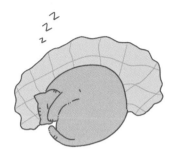

## AM 10:30

겨울이는 밥을 든든히 먹고
물도 많이 먹고 화장실도 다녀왔다.
나도 아침을 먹고 오전 작업을 하러 책상에 앉았다.
잠시 뒤 침대에 가보니 겨울이는 다시 잠을 자고 있었다.
조용한 오전이었다.
난 작업실로 돌아와 지금 이 글을 쓰고 있다.

## PM 01:00

'에취!'
책상에 앉아서 쉬는데 재채기가 나왔다.
그 소리에 겨울이가 급히 달려온다.
그리고 책상 위에 올라와 걱정스러운 얼굴로 날 본다.
'괜찮아? 괜찮아?'라고 말하는 것 같다.
왜 '재채기'를 하면 늘 걱정스러운 표정으로 달려와
내 얼굴을 확인하는 걸까?
겨울이에게 물어보고 싶다.

검사중

PM 4:00

토요일마다 화장실 청소를 한다.
난 열심히 청소하고,
겨울이는 물이 닿지 않는 구석에서 감독관 노릇을 한다.
마무리로 물을 뿌릴 때는 화장실 밖으로 나가더니,
청소가 모두 끝나자 다시 들어와 확인까지 한다.
진정한 반려묘가 아닐 수 없다.

킁킁

PM 5:20

산책하러 나가려고 현관문을 열었는데 택배가 와있었다.
겨울이 간식이자 영양제다.
택배를 뜯을 때는 별로 관심이 없다가
간식을 바닥에 내려놓자 다가와 킁킁거린다
택배가 온 기념으로 간식을 뜯어서 주었다.
겨울이는 빠르게 간식을 해치우더니 또 달라고 울어댔다.
참 욕심이 많은 주인님이다.

## PM 9:30

겨울이에게도 우울한 날이 있을까?

나는 울적한 기분이 들 때면 일찍 잠을 청한다.

오늘이 그런 날이다.

겨울이도 내 기분을 아는지 일찍 내 옆으로 와 몸을 웅크린다.

옆에서 먼저 잠든 겨울이를 몇 번 쓰다듬었다.

기분이 조금 나아진다.

혹시 겨울이의 하루도 우울했다면

나로 인해 조금 나아졌으면 좋겠다.

내일은 겨울이와 더 오래 놀아주어야지.

# 1장

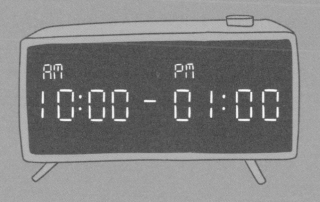

# #01 아침잠에 대하여

대체로 오전 10시에 눈을 뜬다. 그것도 겨우. 알람이 울리면 비몽사몽간에 손만 뻗어 스마트폰 알람을 끈다. 하지만 이대로 더 자고 싶다는 생각과, 일어나야 한다는 생각을 하면서 한참을 더 누워있는다. 그 두 마음은 아침마다 싸운다. 하지만 언제나 '더 자고 싶다'는 쪽이 힘이 세다. 특별히 일어나기 힘든 날에는 외부의 자극이 필요하다. 예를 들면 '동기부여 영상' 같은 것들 말이다.

"포기하지 마세요! 멈추지 마세요! 꾸준히 하세요!"

유튜브에서 이런 말이 흘러나오는 영상을 보고 있으면 '일어나야 한다'는 마음이 점점 커진다. 그러면 침대에서 나의 무거운 몸을 떼어낼 수 있게 된다. 내가 침대를 빠져나오면 옆에서 자고

있던 사랑스러운 고양이 '겨울이'도 일어나 기지개를 켠다.

정말이지 의문이다. 왜 이렇게 아침에 일어나기가 힘든 걸까? 특히 겨울은 더 그렇다. 전기장판의 온기로 가득 찬 따뜻한 이불 속에서 벗어나는 건 정말 싫다. 거기다 지난밤 늦게 잠들었다는 그럴듯한 이유도 있다.

작업을 하다 보면 새벽 2시가 되는 경우도 허다하다. 물론 일만 하는 것은 아니다. 책도 보고, 유튜브도 보고, 인터넷 기사도 보고, 영화나 드라마도 봐야 한다. 또 손흥민 선수의 팬이라 해외 축구 경기도 봐야 한다. 어쩐지 이런 것들은 늦은 밤에 해야 더 재미가 있다. 나만 그런가?

또 프리랜서라는 이유도 있다. 분명 회사에 다닐 때는 늦게 자도 일찍 일어나야 했다. 긴장한 날에는 알람이 울리기 전에 눈이 떠지기도 했다. 하지만 지금은 늦게 일어나도 큰 문제가 생기지 않는다. 상사에게 욕 먹을 일도, 오전 미팅 같은 것도 없다. 오전에 하지 못한 일은 밤에 하면 된다. 그걸 너무나 잘 알기에 아침에 쉽게 눈을 뜨지 못하는 것 같다.

얼마 전 새벽형 인간이 되려고 시도한 적이 있다. 유튜브에서 새벽에 일어나 차를 마시며, 공부나 독서 등 자기계발에 힘을 쏟는 사람들을 보았기 때문이다. 그 사람의 하루가 너무나도 알차고 멋지게 보였다. 마음만 먹으면 나도 왠지 할 수 있을 것 같았다. 바로 실천에 옮겼다. 알람을 다섯 개 정도 맞추고 스마트폰을 손에 닿지 않는 곳에 두었다. 그리고 일찍 잠자리에 들었다. 모든 게 완벽했다. 하지만 잠이 오지 않았다. 벌써 스마트폰 속 세상과 읽다 만 책의 내용이 궁금해지기 시작했고, 갑자기 머릿속에서는 여러 가지 걱정들이 떠오르기 시작했다.

'왜 요즘 일이 뜸한 걸까? 나 잘하고 있는 걸까? 불안하다 불안해. 근데 지금 몇 시쯤 됐을까? 딱 시계 한 번만 보고 자야지.'

결국 몸을 일으켜 스마트폰을 집어 든다.

시간은 어느새 1시간이 훌쩍 지나있었다. 잠시 누워있던 것 같은데, 순간 이동을 해서 미래로 온 기분이었다. 결국 들고 있던 스마트폰으로 유튜브를 보았다. 아침에 일어나는 게 힘든 게 아니라 습관에서 벗어나는 게 힘든 걸지도 모르겠다.

반면 우리 고양이는 눈을 감으면 5분도 안 돼서 꿈나라로 가버린다. 일찍 잠들고 싶지만 잠들지 못하는 밤, 쉽게 잠들어 버리는 고양이를 보면 너무나도 부럽다. 그럴 땐 정말이지 나도 고양이가 되고 싶다.

# #02 훼방꾼 겨울이

겨울이가 작업실에 와서 울어댄다. 한껏 진지한 얼굴로 나를 응시하면서 운다. 나에게 뭔가 강하게 어필하고 있는 것이다. 이럴 땐 대략 두 가지 정도로 유추할 수 있다. 배고프거나 심심하거나. 밥은 아까 충분히 줬으니 이번에는 분명 놀자는 뜻이다. 나는 겨울이의 요청에 어쩔 수 없이 의자에서 몸을 떼어낸다. 그러면 눈치 빠른 겨울이는 "냥!" 소리를 내며 거실로 향한다. 난 그의 뒤를 따른다.

### 낚싯대 놀이

겨울이가 가장 흥분하는 놀이다. 역동적으로 장난감을 잡으려 뛰어다니는 겨울이의 움직임과는 반대로 나는 한 곳에서 이리저리 낚싯대 장난감을 흔들기만 하면 된다. 아주 편한 놀이다. 그런데 이 장난감의 단점은 겨울이가 빨리 질려한다는 점이다.

나는 겨울이의 흥미가 떨어진 것 같으면 마치 '한 마리의 새'가 된 듯 혼신의 힘을 다해 연기한다. 그러면 대체로 겨울이는 조금 더 반응을 보여준다. 하지만 대부분 나를 무시하고 구석에 숨어 엉덩이를 열심히 흔들 뿐이다.

그래서 최근에는 고양이 터널을 구입했다. 고양이가 숨을 곳이 많으면 더 놀이에 집중한다는 이야기를 어디선가 들었기 때문이다. 근데 겨울이는 터널을 사온 날은 근처에도 가지 않았다. 그곳에 손과 장난감을 넣어 관심을 유발해보았지만, 그저 킁킁거리고 가버렸다. 몇 주가 지난 후에야 터널이 마음에 들었는지 그 속에 숨어서 놀기 시작했다. 터널에 장난감을 넣어주면 더욱 흥분하는 것 같아 요즘은 이 방법을 쓰고 있다.

### 이불 놀이

말 그대로 손이나 장난감을 이불 안에서 움직여주는 놀이다. 이불 안에서 바스락 소리를 내면 겨울이는 정확하게 발을 이불 속으로 집어넣는다. 마치 숨은 쥐를 잡는 것처럼. 내 손이 정말 쥐였다면 겨울이는 그다지 사냥에 재능이 없는 것 같다. 내 손을 아주 살짝 툭, 치는 정도니까. 이 놀이는 내가 편안히 누워서 할 수 있다는 게 최대의 장점이다. 겨울이의 진지한 표정과 쿵푸를 하듯 앞발을 휘두르는 모습이 꽤 재미있다.

## 창밖 새 구경

이건 놀이라고 할 수는 없지만, 겨울이가 초집중하는 일 중에 하나다. 침실 창밖에 종종 새가 날아오는데 겨울이는 열심히 관찰한다. 그리고 '캬캬캬' 소리를 내며 채터링(chattering)을 한다. 이전 자취방은 산 근처에 있어서 더 자주 새가 날아와서 좋았는데, 이번 자취방은 자주 새를 볼 수 없어서 아쉽다. 가끔 까마귀나 까치 소리가 들려오기도 하지만 창문을 열면 보이지 않는다. 다음에 이사를 간다면, 커다란 나무가 있어 새들이 자주 날아와 지저귀는 곳에 살고 싶다고 생각한다. 그러면 겨울이도 좋아할 것 같다.

　사실 겨울이와 노는 게 귀찮을 때도 있다. 그런데 막상 놀면 내가 더 신나고 크게 웃게 된다. 욕심이 생겨버려서 겨울이를 더 강렬하게 뛰게 만들고 지치게 만들고 싶은 것이다. 하지만 장난감을 흔들고, 숨기고, 던지고, 줍는 것은 전부 내 일이므로 겨울이보다 내가 더 빨리 지쳐버린다. 힘에 부쳐 거실에 누워있을 때면 이런 생각이 든다. 어쩌면 내가 겨울이와 놀아주는 게 아니라 겨울이가 나와 놀아주고 있는 건지도 모르겠다고. 늘 책상에만 앉아있는 나를 걱정해서 말이다. 어느 쪽이라도 좋다. 겨울이와 놀고 나면 스트레스가 풀리는 건 사실이니까.

# #03 출근복은 파자마입니다

집이 작업실이면 좋은 점이 많다. 그중에 제일은 출근복이 정해져 있지 않다는 게 아닐까 싶다. 지하철을 타지 않아도 되고 동료들을 만나지도 않으니 아무 옷이나 입어도 된다. 후드티에 반바지 차림도 좋고, 동물 잠옷도 좋고, 심지어 군복을 꺼내 입어도 상관없다. 거기다 나는 혼자 살고 있어 눈치를 볼 사람도, 핀잔을 줄 사람도 없다. 이건 생각할수록 멋진 점이다.

나는 주로 파자마 차림이다. 파자마는 집에서 입기 정말 완벽한 옷이 아닐까 싶다. 움직임도 편안하고 나름 차려입은 느낌도 들고. 나는 파자마를 잘 때도 일할 때도 입는다. 온종일 파마자를 입고 생활하는 셈이다. 물론 처음부터 파자마 차림을 고수한 건 아니다. 한때 '일을 할 때는 정중한 차림으로 임해야 한다'고 생각한 적이 있었다. 그래서 청바지와 후드티 같은 외출복을 입고 책상 앞으로 출근하기도 했다. 하지만 요리를 하거나 틈틈이 스트레칭을 할 때면 그 복장이 왠지 불편했다. 몇 번이고 외출복을 벗고 다시 파자마를 주워 입는 일이 발생했다. 마치 고양이가 누군가 억지로 입힌 옷을 벗어 던지는 것처럼. 다시 파자마 차림이 되면 외출복을 입었을 때의 불편함이 언제 그랬냐는 듯 사라진다. 그런 의미에서 파자마는 완벽한 옷이라 생각한다.

파자마를 좋아하는 탓인지 캐릭터 '주노'도 파마자 차림인 경우가 많다. 처음부터 의도한 것은 아니지만 어쩌다 보니 그렇게 되어버렸다. 캐릭터 주노는 마치 짱구처럼 한 벌의 파자마만 입는 것처럼 보이지만, 실제의 나는 그렇지 않다.

나에게는 주로 입는 파자마가 두 벌 있다. 하나는 파란색 체크무늬, 하나는 회색의 파자마다. 회색 파자마가 살짝 더 두껍다. 아주 미세한 차이지만 자주 입다 보면 꽤 큰 차이가 있다. 그것을 일주일에 한 번씩 세탁하며 번갈아 입고 있다. 개인적으로 체크무늬가 입을 때 더 기분이 좋다. 이유는 설명할 수 없다. 나도 그 이유를 모르기 때문에.

나는 그림을 거의 다 완성하고 마지막에 체크무늬를 그려 넣는 걸 좋아한다. 체크무늬를 하나하나 그리고 있다 보면 파자마

캐릭터 주노의 파자마

실제 주노의 파자마

돌고 도는
파자마
인생

라는 옷이 주는 편안함처럼, 내 마음도 편안해진다. 입어도 즐겁고 그려도 즐거운 게 파자마인 것이다.

　하지만 파자마 생활에 익숙해지면 안 좋은 점도 있다. 그건 옷을 사지 않게 된다는 것이다. 특히 올해는 코로나의 영향으로 더욱 외출이 줄어서 옷을 전혀 사지 않았다. 돈을 절약할 수 있기는 하지만, 갑자기 외출해야 하는데 셔츠에 얼룩이나 구멍을 발견 하면 대체할 옷이 없어 난처하다. 원래 옷이 많은 사람이라면 큰 타격이 없겠지만, 나는 원래 옷이 별로 없어서 이런 경우 꽤 곤란해진다.

　또 방심하면 살이 찔 수 있다는 단점이 있다. 청바지 같이 신축성이 적인 옷은 어느 정도 먹으면 '아 그만 먹어야겠다'라고 브레이크를 걸 수 있지만, 파자마는 탄성이 좋은 고무줄로 되어 있어 그러기가 힘들다. 그래서 음식을 먹다가 어느 순간 내 배를 보면 헉, 하고 놀란다.

　그래도 내게는 파자마의 단점보다는 장점이 크게 느껴진다. 종종 내 캐릭터가 입은 파자마와 똑같은 디자인의 파자마를 갖고 싶다고 생각한다. 그걸 입고 그림을 그리면 캐릭터와 하나가 되어 더 멋진 그림을 그려낼 수 있을지도 모르니까.

# #04 일보다 메모가 중요한 사람

나는 뭐든 적는다. 메모를 할 때면 종종 첫 직장에서의 일이 떠오른다. 정말 일이 많은 회사였고 연 매출도 높았다. 적은 수의 직원으로 매출을 올릴 수 있었던 것은 한 명이 여러 명의 몫을 해냈기 때문이다. 나에게도 하루에 해야 할 일들이 과하게 많았다. 그래서인지 실수도 잦았다. 하지만 어떻게든 실수를 줄이고 싶었다. 그러기 위해 내가 찾은 방법이 바로 '노트에 뭐든지 적어놓는 것'이었다. 기억력이 좋지 않은 나에게 메모는 최선의 방법이었다. 책상 오른편에 노트를 펼쳐놓고 필요한 것은 죄다 썼다. 그 덕분에 실수는 눈에 띄게 줄었다.

생각해보면 위기의 순간에 '메모'라는 방법을 찾을 수 있었던 건 어린 시절의 영향이 컸다. 내가 메모를 하기 시작한 건 초등학교 때부터다. 엄마는 내 기억력이 좋지 않다는 걸 진작에 아

셨는지 무조건 숙제를 수첩에 적어오라고 말씀하셨다. 그래서 가방 앞주머니에는 늘 작은 수첩이 있었다. 난 기억력은 좋지 않았지만 시키는 건 나름 잘하는 어린이였다. 수첩에 연필로 숙제 내용을 아주 정성껏 적어서 집에 가지고 오면 엄마는 수첩을 펼쳐 숙제가 뭔지 확인하셨다.

사실 그 무렵의 아이들은 대부분 숙제나 준비물을 적곤 했다. 물론 아닌 친구들도 있었다. 같은 동네에 사는 운동부 친구가 그랬다. 그 친구의 할머니는 저녁때가 되면 우리 집에 찾아오셨다. 숙제가 적힌 내 수첩을 보기 위해서였다. 그 할머니가 우리 집에 오시면 엄마가 익숙하게 내 수첩을 펼쳐 할머니께 숙제를 말씀드렸던 기억이 난다.

메모 습관이 큰 효력을 발휘했을 때가 있었다. 그건 두 번째 회사에 다닐 때였다. 어느 날 회사에서 클라이언트가 의뢰한 책자를 만드는데, 그것이 완성되어갈 때쯤 거래처 담당자가 전화로 수정 사항을 알려주었다. 나는 그것을 메모했다. 메일로 받고 싶었지만, 워낙 성격이 있던 사람이어서 그냥 받아 적을 수밖에 없었다. 간단한 수정이라 받아 적는 데 문제도 없었다. 난 메모를 바탕으로 파일을 수정하여 거래처에 전달했다.

며칠 후 책자가 나왔다. 근데 클라이언트 담당자에게 연락이

왔다. 자신은 수정을 요청한 적이 없다고 하는 게 아닌가? 전화로 수정 사항을 말해줬기에 증거가 될 만한 것은 없었다. 억울했다. 마치 깊은 물에 빠진 기분이었다.

결국 사장실에 불려 가게 되었고 살기 위해 메모한 노트라도 들고 갔다. 이 메모가 증거가 될지 안 될지 그때는 몰랐지만, 그게 나의 유일한 증거였기에 그렇게라도 했다. 사장님과 면담을 하면서 메모지를 보여드렸다. 다행히 사장님은 나를 믿어주었다. 메모 때문이 아니라 나의 메모 습관 때문이라고 했다. 평소 사소한 것까지 적는 나를 지켜보고 있었던 것이다.

나는 그제야 조금 안도했다. 그후 사장님은 클라이언트 담당자에게 전화해 열심히 죄송하다고 말했다. 난 그것을 보며 '을의 세계는 냉정한 것이구나' 하고 생각했다.

만약 내가 메모조차 하지 않았다면 어떻게 되었을까? 또 평소 사장님이 내 메모지를 눈여겨보지 않았다면? 그런 생각들을 하고 나니 메모 습관을 갖길 잘했다는 마음과 함께 씁쓸한 느낌도 들었다.

여전히 지금도 난 메모를 하고 있다. 아침에 일어나 노트에 일과를 정리하는 것으로 하루를 시작한다. 그곳에는 아주 세세한 일까지 적어놓는다. 분리수거하기, 빨래하기, 메일 보내기,

마감하기 등. 컴퓨터 메모장에는 작업 시 주의사항, 세금 처리하는 법, 거래처 연락처, 사야 할 것, 굿즈 제작 사이트 등이 나름의 방식으로 정리되어 있다. 길을 걷거나 자기 전에 무엇인가 생각난다면 스마트폰 메모장도 적극 활용한다.

실수를 줄이기 위해 하던 메모가 이제는 완전히 습관이 되어버렸다. 그러나 이렇게 메모를 해도 이따금 실수가 생긴다. 그러니 메모조차 하지 않는 나는 상상도 할 수 없다.

# #05 지금의 나를 그려보던 때가 있었다

일이란 참 이상하다. 들어올 때는 확 몰리고, 없을 때는 정말 거짓말처럼 없다. 일의 이런 속성은 지금처럼 프리랜서일 때만이 아니다. 직장을 다닐 때도 그랬다. 일이 많을 때는 야근을 해야 했고 없을 때는 오후 6시가 되기만을 기다리며 무료하게 시간을 보냈다.

프리랜서인 지금은 일이 많으면 아침부터 잘 때까지 일한다. 물론 중간중간 쉬기도 하지만. 정말이지 이런 시기에는 개미가 된 기분이다. 식량을 구하기 힘든 겨울을 대비해 열심히 일하는 개미.

다행인 점은 나는 작업하는 과정에서 스트레스를 거의 받지는 않는다는 것이다. 그림을 그리는 건 내가 좋아하는 일이고, 집중하다 보면 나도 모르게 의뢰에 대한 압박감이 해소되어 있다. 이런 걸 보면 천직인가 싶다. 하지만 그림 작업 이외에서 스트레스를 받는 편이다. 예를 들면, 나와 맞지 않는 담당자를 만났다거나, 계약 관련 문제가 생긴다거나, 세금을 처리해야 한다거나, 보험료가 올랐다거나 하는 것들이다. 이런 일들을 처리하다 보면 머리가 지끈지끈하다. 머리를 떼어내고 싶을 정도로.

　프리랜서로 어느 정도 자리를 잡았을 때였다. 건강보험료 통지서가 날아왔다. 통지서에는 보험료가 인상되었다는 내용이 적혀있었다. 인상된 금액은 당시 내게는 꽤 부담스러운 금액이었다. '다들 이렇게 내는 건가?' 궁금했지만 물어볼 사람도 없었다. 인터넷을 찾아보니 프리랜서는 외주로 일해도 모두 정기 수입으로 잡혀서 이번 일만 했다는 사실을 증명하는 '해촉 증명서'를 내야 한다고 했다. 해촉 증명서라는 단어만으로도 머리가 아파왔다. 건강보험 측에 전화해서 문의하니 1년 전에 일했던 업체의 이름을 알려주었다. 그리고 그곳의 해촉 증명서를 받아서 팩스로 보내라고 했다. 그러면 보험료가 조정이 된단다.

　'1년이 지났는데 어떻게 다시 연락하지? 한참 지난 일의 서류를 이제 와서 요청해서 짜증을 내면 어쩌지?'

　전화를 끊은 후 그런 생각이 들어 그냥 보험료를 내버릴까 했지만, 앞으로를 생각하면 아무래도 서류를 받는 게 좋을 것 같았다. 나는 1년 전에 일한 곳들에 메일을 보냈다. 대부분 친절하

게 서류를 보내주었다. 심지어 이직을 했는데도 시간 들여 서류를 보내준 분도 있었다. 세상에는 내가 생각한 것보다 좋은 사람들이 아주 많다고 느꼈다. 다행스럽게도 그렇게 보험료를 조정할 수 있었다.

이제는 제법 노하우가 생겨서 일이 끝나면 미리 해촉 증명서를 받아놓는다. 모바일 팩스 앱으로 서류를 보내는 법도 터득했다. 그 외 다른 골치 아픈 일에도 나름의 노하우가 생겼다. 덕분에 스트레스도 많이 줄였다. 종종 그림 이외의 일을 대신해줄 로봇 같은 게 있다면 좋겠다고 생각한다. 거래처와 통화해주고, 팩스도 보내주고, 세금 신고도 알아서 하는 로봇. 그러면 거금을 투자해서라도 살 것이다.

최근 바쁜 일을 몇 개 마감하고 여유 있게 시간을 보내고 있다. 꺼내놓은 책을 정리하는데 구석에 앨범이 하나 보였다. 내가 취미로 찍은 사진들이다. 심심하던 차에 잘됐다 싶어 사진첩을 넘겨보았다. 여러 사진 중에 시선을 멈추게 하는 것이 있었다. 그건 바로 새벽에 한 편의점 외관을 찍은 사진이었다. 예전에 아무 계획없이 회사를 그만두고 편의점에서 심야 알바를 한 적이 있었는데, 그때 손님이 오지 않는 어느 새벽에 찍은 것이었다.

내가 왜 이 사진을 찍었는지 기억나지는 않는다. 그저 한가해서 그랬던 게 아닐까 싶다.

사진을 보고 있자니 그 시절의 내가 어렴풋하게 떠올랐다. 그림 작업을 계속하고 싶다는 마음으로 심야 알바를 선택했던 나, 가방에 노트북과 태블릿을 가져가 카운터 구석에서 그림을 그리던 나. 당시는 지금처럼 들어오는 일도 없었기 때문에 거의 개인적인 그림이었지만 즐거웠다. 손님이 없을 때면 밖에 나가 바람을 쐬면서 이런 생각들을 했다.

'아, 나도 그림으로 돈을 버는 작가가 되고 싶다.'

그랬다. 분명 지금의 나를 간절히 그려보던 때가 있었다. 그런 순간을 생각하면 열심히 그리지 않을 수 없는 것이다.

# #06 망해버린 회사

이제껏 내가 회사를 두 군데 다녔다고 했는데, 생각해보니 한 군데가 더 있다.

두 번째 회사를 그만두고 백수로 지내던 어느 날, 한 회사에서 메일이 왔다. 그 회사는 다양한 콘텐츠를 만드는 회사였고 새로운 프로젝트로 '회사 웹툰'을 만들 거라고 했다. 나에게 그 웹툰의 그림을 그려달라는 게 메일의 내용이었다. 나는 웹툰은 그려본 적도 없었기 때문에 고민은 되었지만, 일단 면접이라도 보자는 생각이 들었다.

면접 날, 그 회사가 있는 구로디지털단지로 갔다. 문을 열고 들어갔는데 젊은 사람들밖에 없어 속으로 놀랐다. 심지어 내 면접을 본 이사님도 나보다 어렸다. 면접에서 기억나는 건 별로 없다. 직원들 나이가 대표를 제외하고는 모두 20대라는 사실 외에는. 이사님은 내가 만약 회사에 들어오게 된다면 제일 연장자가 될 거라고 했다. 근무 조건은 나쁘지 않았다. 무조건 칼퇴근, 철저한 급여 지급, 유동적인 출퇴근까지 있었다. 회사 분위기도 밝고, 퇴근하고 개인 작업도 할 수 있겠다 싶어 입사를 결정했다.

입사 후, 이미 기획되어 있던 웹툰 기획 내용을 전달받았다. 자신들의 회사를 우주의 한 행성으로 표현하고, 그 행성에 사는 직원들을 캐릭터로 만들어 연재하는 것이었다. 직원들은 각자 캐릭터를 그린 것을 보여주기도 했다. 아주 기괴한 해골 그림부터 졸라맨까지 있었다. 그들이 나를 왜 입사시켰는지 알 수 있는 그림들이었다.

나는 우선 직원 6명의 캐릭터를 그려야 했다. 그래서 각자의 성격, 좋아하는 것 등을 관찰하고 노트에 메모했다. 시간이 지날수록 점점 그들의 본 모습을 알게 되었다. 혼잣말을 자주 하는 사람, 고양이를 좋아하는 사람, 웃음이 많은 사람, 술을 코로 마셔 보았다는 사람(그 정도로 술을 좋아했다), 아이돌에 미친 사람, 단호한 사람…. 나는 그들의 외모를 캐릭터에 담기보다는, 내가 느끼는 그들의 특징과 성격을 담은 독특한 캐릭터들을 만들었다. 그렇게 그들을 캐릭터화하면서 느낀 건, 모두 개성이 뚜렷하고 좋은 사람이라는 거였다.

지금 생각해도 이 회사는 좀 독특했다. 어쩌면 내가 꿈꾸던 회사였는지도 모른다. 그동안 다니던 회사와 느낌이 너무나 달랐다. 야근도 정말 없어서 일과시간에 더 집중해서 일했다. 점심시간이 되면 각자 먹고 싶은 걸 자유롭게 먹고, 종종 피자를 함께 시켜 먹기도 했다.

어느 날은 근무 시간에 다 같이 돗자리를 들고 한강으로 갔다. 이유는 놀랍게도 벚꽃 구경! 우리는 한강에서 치킨과 맥주를 마시고 보드게임도 했다. 나는 그들과 일하면서 좋기도 했지만, 동시에 이상한 마음도 들었다.

'내가 이곳에 있어도 되는 건가?'

그런 생각이 종종 들었다. 행복한 가정 속에 입양된 아이의 심정이랄까. 그곳이 분명 즐거웠지만, 왠지 거짓말 같고 내 것이 아닌 것 같았다.


내가 입사하고 3~4개월 정도 흐른 뒤, 회사는 망해버렸다. 대표님과 이사님이 그 사실을 모두에게 알려준 날이 생각난다. 직원들 모두 한동안 아무 말이 없었다. 당시 나는 이게 몰래카메라 같았다. 들어온 지 얼마 안 된 나를 놀리려고 이런 계획을 짠 것이면 좋겠다고 생각하며 이 회의실 어딘가에 숨겨져 있을 카메라를 찾기 위해 두리번거렸다. 하지만 슬프게도 카메라 따위

는 없었다. 그날 우리는 근무시간에 낮술을 마셨다. 맥주를 먹다
가 소주를 시키고 얼굴이 빨개진 채 다시 회사로 돌아왔다.

　이제 내게 남은 건 회사가 문을 닫기 전에 연재하던 웹툰을
마무리하는 것. 이미 '망해버린 회사'라는 결말이 난 웹툰을 그
리며 마음을 정리해야 했다.

　그때 그린 만화는 지금 '네이버 도전만화'나 '다음 웹툰 리그'
에서 볼 수 있다. 제목은 'OOO먼지'다. 제목처럼 정말 회사가 먼
지가 되다니!

지금도 가끔 그 만화를 보러 가기도 하는데 '내 만화 실력 때문에 회사가 망한 게 아닌가' 하는 생각도 든다. 이 웹툰이 대박이 났다면, 난 아직도 이 회사에 다니고 있을지도 모른다. 그러면 지금과는 또 다른 삶을 살고 있을지도. 아직도 그 회사 사람들과는 좋은 관계를 유지하고 있다. 지금은 모두 각자의 길을 가고 있다. 우리가 다니던 회사는 망해버렸지만, 우리 각자의 인생만큼은 성공했으면 좋겠다.

# #07 오타는 무서워

회사 다니는 걸 끔찍이도 싫어하지만, 그래도 두 곳에서 5년 정도 일했다. 그곳에서 많은 돈을 벌었다거나, 인생에 하나뿐인 친구를 사귀었다거나, 뭐 그런 건 아쉽게도 없었다. 오히려 심리적으로 힘들었으니 잃은 게 더 많은 것 같기도 하다.

그래도 상사의 무서움, 마감의 무서움, 지각의 무서움, 회의의 무서움 등 '각종 무서움'을 배웠으니 인생 공부는 잘 한 듯싶다. 그중에서 지금도 나를 아찔하게 만드는 것은 '오타의 무서움'이다.

나의 첫 회사는 패키지(포장지)를 만드는 곳이었다. 그저 집에서 가깝다는 이유만으로 지원했다. 그리고 덜컥 입사하게 되었다. 그곳에서 나는 디자인 일을 했다. 사장은 디자인보다 오탈자 검사를 중요시했다. 패키지 제품은 공장에서 한 번에 대량 생산

되기 때문에 오탈자가 나오면 그 제품을 모두 폐기 처분해야 한다. 물론 오타 부분에 하나하나 스티커 작업을 하는 방법도 있지만 스티커 작업에는 많은 인건비가 든다. 그러니 신입인 나에게 사장님은 오타를 내지 말라고 강조, 또 강조했다. 그 이야기를 듣고 나름 신경 써서 작업했다.

하지만 어느 날, 나는 아주 인간적이게도 실수를 하고 말았다. 포장지 생산이 끝났을 뿐 아니라 제품 포장도 마친 상태였다. 사장님은 엄청나게 화를 냈고 사무실의 공기는 냉동실처럼 싸늘하게 변했다. 포장지와 제품 전체를 폐기하게 된다면 엄청난 금액을 손해 보는 셈이었으니 사장님이 화를 내는 건 당연했다. 손해를 본 금액만 해도 당시 내 월급에 몇 배나 되었다. 나는 그대로 지금까지 받은 월급을 토해내고 회사에서 도망쳐버리고 싶었다. 내게는 토해낼 돈도 없었고 도망칠 용기도 없었다. 결국 그 상품은 스티커로 후처리를 하게 되었다. 불행 중 다행이었으나 회사에 손해를 끼쳤다는 사실은 바뀌지 않았다.


며칠 뒤 사장님은 나를 따로 불렀다. 나를 앞에 앉혀놓고 담배를 피우며 말했다.

"수업료라 생각해. 다 그러면서 배우는 거야."

화낼 건 다 내놓고 이제 와서 멋진 말이라니. 왠지 섭섭하게

들렸다. 하지만 내 잘못이니 가만히 듣고 있을 수밖에. 사장님은 또 말했다.

"한 번은 수업료지만, 반복되는 실수는 실력이야. 명심해."

그날 이후로 나는 오탈자를 내지 않으려 더 많은 노력을 했다. 그 노력 덕분인지 퇴사 전까지는 실수가 없었다. 그때 배운 '오타 내지 않는 방법'은 이러하다. 누군가 알려주기도 했고, 내가 찾은 방법도 있다. 도움이 될지 모르겠지만 적어본다.


### 글자를 거꾸로 읽어볼 것

"사람의 뇌는 좋게 말하면 긍정적이어서, 틀린 글자도 맞게 읽고 넘겨버리는 경우가 많아. 그러니 거꾸로 한 단어씩 끊어서 읽어봐."

이건 첫 번째 회사 사장님이 알려준 방법이다. 정말 이 방법으로 숨어있는 오타를 찾기도 했다. 마치 숨은그림찾기를 하는 기분마저 들었다.


### 복사(Ctrl+C)와 붙여넣기(Ctrl+V)를 사용할 것

"무조건 클라이언트가 보내준 문안을 복사, 붙여넣기 할 것! 아무리 짧은 단어라도."

이것은 두 번째 회사의 방침이었다.

보통 디자인을 의뢰하는 곳에서 대부분 문안을 넘겨준다. 가장 위험한 게 그것을 하나하나 타이핑하는 것이다. 분명 정확하게 타이핑하는 사람도 있겠지만, 나는 나 자신을 못 믿었기에 회사의 방침을 꼭 따랐다. 또 그렇게 하면 오탈자가 발생해도 문안에 문제가 있었던 것이기에 트러블이 생기지 않는다는 장점도 있다. 근데 복사, 붙여넣기를 하다 보면 나 자신이 기계가 된 기분도 들기도 한다.

### 맞춤법 검사기를 활용할 것

요즘은 네이버 맞춤법 검사를 이용한다. 내가 회사에 다닐 때 이용하던 사이트는 사라진 것 같다. 아무튼 네이버 검색창에 '맞춤법 검사기'라고 검색하면 나온다. 500자까지 넣을 수 있으니 조금씩 복사해서 붙여넣고 검사해보는 게 좋다.

### 다른 사람에게 검수를 요청할 것

이렇게 해도 내가 발견하지 못한 실수가 있을 수 있다. 온종일, 혹은 며칠이고 책상에 앉아 같은 작업물을 보고 있으면 익숙해진 탓인지 오탈자가 잘 보이지 않는다. 그래서 최대한 그 일과 연관이 없는 사람에게 보여주는 게 좋다. 회사에 다닐 때는 마지막에 꼭 돌려서 보았다. 신기하게도 남의 작업물에 있는 실수는 쉽게 눈에 띈다.

지금도 위 방법 중 최소 2~3가지 정도는 지키고 있다. 특히 그림 옆에 텍스트가 들어갈 때는 신경 써서 꼭 검수한다. 그래야 오타 내는 악몽을 꾸지 않는다.

이렇게 해서 나는 지금, 오타를 내지 않는 사람이 되었느냐고 묻는다면? 그건 아니다. 여전히 나는 사소한 실수를 종종 한다. 얼마 전에는 작업한 파일명에 날짜를 적어 보내는데 전부 틀리게 써서 보냈다. 2020년을 2019년이라고 적은 것이다. (휴…) 그 사실을 파일을 보내고 며칠 뒤에 알게 되었다. 작업한 날짜를 표기한 부분이라 크게 문제가 되지는 않았지만 나는 뜨끔했다. 이 파일을 받은 사람은 나를 어떻게 생각할까? 날짜도 제대로 표기 못 하는 사람으로 죽을 때까지 기억하지 않을까?

혼자 일을 하게 되면서는 실수가 더 두렵다. 이제는 같이 봐줄 사람도, 사소한 실수에 충고해줄 사람도 없다. 처음에는 혼자 일하는 게 좋았지만, 시간이 갈수록 마음이 무거워진다. 마치 커다란 책임감을 혼자 모두 짊어진 기분이 든다. 이제는 실수가 신뢰의 문제로 여겨지는 탓일지도 모르겠다.

# #08 어려운 균형 잡기

 "넌 좋아하는 게 있어서 좋겠다."

대학생 시절, 우연히 동네 농구장에서 만난 중학교 동창이 말했다. 그 친구는 자신이 진학한 학과가 정말 좋아해서 선택한 게 아니라서 고민이 된다고 했다. 친구는 내가 중학교 때부터 미술을 좋아하는 걸 알고 있었기에 대학도 디자인과로 간 나를 부러워하는 듯했다. 당시 그 친구에게 제대로 공감이나 위로의 말을 해주지 못했다. 아마도 당시 나에게는 그 친구에게 해줄 만한 이야기가 없었던 것 같다.

어쩌다 보니 나는 좋아하는 그림을 그려서 돈을 벌고 있다. 정말이지 감사한 일이다. 그동안 '내가 봤을 때 너는 재능이 없어.' '좋아하는 것만 하면서 살 수 없어.' '그래도 회사에 들어가는 게 나아.' 같은 말을 수없이 들었다. 하지만 겁이 없는 건지, 남의 말을 잘 안 듣는 건지 이렇게 좋아하는 것만 하고 있다.

좋아하는 일을 한다는 건, 생각보다 더 행복한 일이다. 가장 큰 장점은 일하면서 스트레스가 적다는 것이다. 아무리 어려운 일을 받아도 결국 좋아하는 일이니까 하다 보면 스트레스가 풀려있다. 심지어 외주 일을 하고, 쉬는 시간에 그림을 그리며 스트레스를 풀 때도 있다. 다이어리에 낙서하거나, 노트를 꺼내 그리고 싶은 그림을 그리는 것이다. 그림을 보는 것도 좋아해서 다른 작가님들의 SNS에 올라온 그림을 보면서 시간을 보내기도 한다. 정말 지루할 틈이 없다. 스트레스를 받지 않는 건 어쩌면 지루할 틈이 없다는 걸지도 모르겠다.

　　물론 단점도 있다. 바로 욕심이 생겨버린다는 점. 몰두하다 보면 어느 순간 더 잘하고 싶은 욕심이 나도 모르게 생겨버린다. 그래서 더욱 작업에 시간을 투자하게 된다. 그건 좋은 현상이라고 생각할지도 모르겠지만, 실은 아니다.

　　회사를 그만두고 지금 일러스트레이터 일을 해오면서 인간관계가 많이 소홀해졌다. 단톡방에 일일이 대답하는 것이 싫어 각종 모임에서도 나와버렸고 서운해하는 친구들도 늘어났다. 일에 집중하고 싶은 욕심 때문이었다. 후회는 없지만 그래도 친구들에게 미안하고 이따금 공허해지기까지 한다.

또 내가 책상 앞에 오래 앉아있을수록, 당연히 집도 엉망이 된다. 빨래가 밀리고, 설거짓거리도 싱크대에 그대로 방치된다. 어느 날 문득 '아, 이거 위험한걸.' 하는 생각이 들어서 집안일을 하는 식이다. 고양이가 놀아달라고 울 때도 무시한 적이 많았다. 그 외에도 건강 관리, 여가 생활이 엉망이 된다. 그런 것들을 마주하면 아무리 생각해도 나는 역시 매우 한정적인 인간이라는 걸 깨닫는다.

좋아하는 일을 한다는 건 행복한 것이지만, 그만큼 위험한 게 아닐까? 아니면 모든 일이 다 그런 걸까? 모르겠다. 하지만 요즘은 매일 그 '위험'을 생각하며 적당한 균형을 유지하려 한다. 더 작업하고 싶은 마음이 들어도 '오늘은 여기까지만!' 하고 멈출 수 있는 여유를 가지려고 한다. 고양이와 놀아준다거나 집안일을 하거나, 좋아하는 노래로 플레이리스트를 만든 뒤 그걸 들으며 밖으로 나가 달리기를 하거나 산책을 하곤 한다.

시간이 지날수록 점점 깨닫게 된다. 이런 균형을 유지하는 게 일을 많이 하는 것보다 더욱 힘들다는 사실을.

# #09 아이디어 내는 법

  "그림 아이디어는 어디서 얻으시나요?"

이런 질문을 종종 받는다. 인터뷰 경험이 그렇게 많은 건 아니지만, 그래도 인터뷰를 하면 이 질문을 가장 많이 받았다. 사실 나는 이 질문을 받으면 꽤나 감사하다. 실제로 아이디어 내는 데 시간 투자를 많이 하는 편이기 때문에 나의 노력을 알아주는 것 같아 기분이 좋다. 그래서 멋진 대답을 해드리고 싶지만, 나의 대답은 그렇지 못하다.

"그저 일상에서 얻습니다."

이런 시시한 대답을 한다. 죄송스럽지만 사실 그게 맞으니까. 그래도 여기에는 아이디어를 얻는 방법을 조금 더 자세히 적어보려 한다. 하지만 이 방법은 그저 내가 하고 있는 방식일 뿐 해답이 아니다. 일단 방법은 두 가지다. 난 대체로 두 가지 방법을 모두 다 사용한다.

## 첫 번째 - 번뜩 떠오르는 아이디어 메모하기

길을 가다가 번뜩 아이디어나 그림이 떠오를 때가 있다. 여기서 가장 중요한 건 그 떠오른 것을 잘 메모해두는 것이다. 비록 그 아이디어가 대단한 게 아니더라도 스마트폰 메모장이나 다이어리, 혹은 손바닥에라도 적는 편이다. 나의 기억력을 믿고 여러 번 그냥 지나친 적이 있는데 샤워 한 번 하고 나니 모두 다 까먹어버렸다. 다시 떠올리려 해봐도 도저히 떠오르지 않는 것이다. 그 경험 이후로는 어떻게든 메모를 해두려 한다. 번뜩 아이디어가 떠오르는 건 꽤 짜릿한 맛이 있다. 마치 어느 날 생각지도 못한 행운의 물고기가 튀어 올라 내 손안으로 들어온 느낌이랄까.

## 두 번째 - 머리를 쥐어짜기

첫 번째 방법은 좀 멋있지만 그렇게 흔한 일은 아니다. 때문에 실제 많이 쓰는 방법은 '머리를 쥐어짜는 것'이다. 이건 주로 작업실 책상 앞에 앉아서 실행한다. 스마트폰에 찍어둔 사진들도 보고, 최근 한 일들도 떠올려본다. 책이나 영화도 참고한다. 그러다 아이디어가 떠오르면 스케치북에 대충 그려둔다. 정말 별로인 아이디어도 상관없다. 10개의 아이디어를 짜기로 했다면, 10개의 아이디어를 억지로 짜낼 때까지 의자에서 엉덩이를

떼지 않는다. 이 정도면 그림 그리는 게 아니라 고문에 가깝다고 생각할지 모른다. 하지만 난 사실 이 과정을 좋아한다. 첫 번째 방법이 물고기가 손안으로 튀어 들어오는 기분이라면, 두 번째 방법은 조용히 수면 위에 낚싯바늘을 던져 놓고 물고기를 기다리는 것 같다. 열심히 머리를 굴리며 앉아있다 보면, 아주 작고 시시한 물고기라도 결국 잡힌다.

첫 번째 방법과 두 번째 방법, 둘 중 어떤 것이 좋다고는 말할 수 없다. 근데 첫 번째 방법은 두 번째 방법을 자주 해야 가능한 것 같다. 책상에 앉아 머리를 뜨겁게 달구는 시간을 보내다 잠시 쉬려고 샤워를 하거나, 침대에 눕거나, 산책하다 보면 생각지도 못한 행운의 물고기가 튀어 오른다. 그러니 어쩔 수 없이 두 가지 방법 다 사용하게 되는 것이다.


'나는 왜 이렇게까지 해서 그림을 그리고 있지?'

문득 이런 생각을 해본다. 가장 큰 이유는 아마도 내가 과거에 광고 일을 하고 싶어 했기 때문일지도 모른다.

대학교 때 광고 동아리 활동을 했었다. 딱히 광고에는 관심이 없었는데 한 선배가 나에게 자신이 있는 광고 동아리에 들어오라고 권했다. 그렇게 1학년 때 아무 고민 없이 그 광고 동아리에 들어가 버렸다. 덕분에 내 아이디어를 시각화하는 작업의 맛을 알아버렸다.

졸업 후 광고 회사에 들어갔지만, 스트레스가 심했다. 그래서 스트레스 해소용으로 집에서 그림을 그렸고 그렇게 내 아이디어를 시각화하는 작업을 자주 하다 보니 지금처럼 그림 그리는 삶을 살게 된 것이다.

생각해보면 좋은 아이디어나 좋은 그림을 그리는 방법은 없는 게 아닐까 싶다. 지금까지 내가 말한 건 그저 나의 방식일 뿐이고 그 방식을 써도 매일 부족함을 느낀다. 그래도 별수 없다.

'책상 앞에 앉아서 그냥 하는 것'

내가 할 수 있는 것은 오로지 그것뿐이다.

## #10 일러스트레이터의 책상

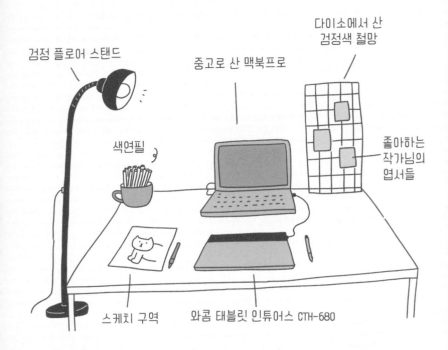

검정 플로어 스탠드

색연필

중고로 산 맥북프로

다이소에서 산
검정색 철망

좋아하는
작가님의
엽서들

스케치 구역

와콤 태블릿 인튜어스 CTH-680

그림을 시작했을 무렵의 책상입니다.
지금이나 그때나 심플한 것을 좋아해
별다른 것은 없었네요.
대충 스케치를 하면서 아이디어를 파고,
소재가 확정되면 종이에 자세하게 그려 나갑니다.
완성된 스케치를 카메라로 촬영하여
맥북에서 채색을 하는 순서로 작업을 하고 있습니다.

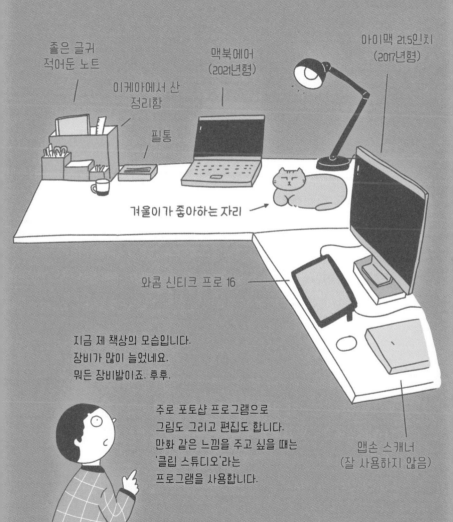

좋은 글귀
적어둔 노트

이케아에서 산
정리함

필통

맥북 에어
(2021년형)

아이맥 21.5인치
(2017년형)

겨울이가 좋아하는 자리 →

와콤 신티크 프로 16

지금 제 책상의 모습입니다.
장비가 많이 늘었네요.
뭐든 장비발이죠. 후후.

주로 포토샵 프로그램으로
그림도 그리고 편집도 합니다.
만화 같은 느낌을 주고 싶을 때는
'클립 스튜디오'라는
프로그램을 사용합니다.

앱손 스캐너
(잘 사용하지 않음)

065

# #11 원점으로 돌아온 기분

팔자라는 게 정해져 있다면, 난 그림 그릴 팔자인 게 분명하다. 지금까지 내 인생을 돌아보면, 그림을 그리며 살기 위해 계획하고 행동한 적은 없다. 그저 '우주의 기운'이 나를 자석처럼 이끈 느낌마저 들기도 한다. 그렇다고 그림을 안 좋아한 건 아니다. 누구보다 그림을 좋아했다. 물론 지금도 좋아한다. 종종 그림을 그리며 혼자 킥킥 웃으며 즐겁게 그린다. 그렇다고 그림을 잘 그리는 건 아니지만.

내가 그림을 처음 배우기 시작한 건 아주 어릴 적, 그러니까 초등학교도 들어가기 전이다. 어릴 적부터 몸이 약했던 나는 유치원 버스에만 타면 그렇게 멀미를 심하게 했다. 그래서 유치원에서는 특별히 앞 좌석에 앉게 해주었지만, 그놈의 멀미는 사라지지 않았다. 어머니는 그런 나를 걱정하며 막내 이모에게 그 고

민을 털어놓았다. 그러자 이모는 '동네 미술 학원에나 보내라'는 말을 했다고 한다. 아마도 막내 이모가 그림 그리는 걸 좋아했기 때문인 듯싶다. 그렇게 난 집에서 그리 멀지 않은 미술 학원에 '걸어서' 다니게 되었다.

　미술학원에 남자아이는 나를 포함해서 딱 2명뿐이었다. 그래서인지 장난감도 모두 바비인형뿐이었지만, 난 어째서인지 그 인형을 가지고 잘 놀았다. 그리고 제법 적성에 맞았는지 그림도 열심히 그렸다(사실은 선생님이 예쁘셨다). 내가 당시 어떤 그림을 그렸는지는 기억이 전혀 나지 않지만, 그림 그리기를 너무 좋아했던 것만은 기억이 난다.


　내가 살던 곳은 그다지 미술을 배울 만한 곳은 아니라고 생각한다. 지금은 모르겠지만 내가 학교에 다닐 때만 해도 학원도 별로 없었고, 정보를 얻기도 힘들었다. 그림을 그리고 싶다고 하면 대부분의 선생님은 꽤 심각하게 다시 생각해보라고 말했다. 그래서 미술을 포기하고 고등학교는 공부만 하는 곳으로 가기로 했다. 당시는 고입시험이라는 게 있었다. 그 시험만 잘 보면 원하는 고등학교에 갈 수 있었다. 하지만 난 큰 시험장에서 자꾸 가슴이 고장이라도 난 듯 뛰었고, 보기 좋게 시험을 망쳤다. 어쩔 수 없이 원하지 않은 고등학교에 가야만 했다. 그런데 그곳에 미술부가 있었다. 중학교 때 선생님 한 분이 내가 미술을 좋아하는 걸 알고, 그곳 미술부 선생님에게 추천해주었고 그렇게 난 고등학교에 들어가서도 그림을 계속 그리게 되었다.

여기까지 읽고 나면 내가 한 번도 그림에 권태감을 느낀 적이 없는 사람처럼 보이겠지만, 실은 그림이 싫어진 적도 있다. 그런 마음은 미대 입시를 준비하면서 생겼다.

그때는 지겹도록 흰 종이 앞에서 석고상만 그렸다. 왜 그것을 그려야 하는지 자세히 설명해주는 사람은 없었다. 그저 대학에 가려면 그것을 해야 한다고 했다. 고등학교 1학년 내내 아그리파 석고상만 죽어라 그렸는데, 이상하게 실력이 늘지 않았다. 내가 생각하는 그림 그리기의 세계가 아니었다. 그때 배운 건 그림보다는 '오래 앉아있을 수 있는 인내심'과 '연필 깎는 법' 정도다. 덕분에 지금도 아주 기가 막히게 연필을 깎는다. 당시 내게 그림을 가르쳐준 강사님들에게는 미안하지만.

수능시험은 미리 먹은 청심환 효과 덕분인지 나름 성공적이었다. 하지만 그놈의 석고상 그리기에서 아주 제대로 말아먹었다. 대회장에서 열중해서 그리다가 잠시 멀리서 볼 겸 뒤로 물러났는데 내 그림은 눈에 안 들어오고 다른 사람들 그림만 보였다.

바보도 알 수 있었다. 모두 나보다 그림을 잘 그렸다. 난 그게 꿈인 줄 알았다. 하지만 현실이었다. 그래서 그 자리에서 도망치고 싶었다.

그렇게 또 원하는 대학에 가지 못했지만, 재수는 죽어도 하기 싫었다. 다시 1년을 재미없는 석고상만 그리며 의자에 앉아 있기 싫었기 때문이다. 그래서 겨우 3순위에 붙은 대학의 디자인학과에 들어갔다. 3년 내내 나의 그림을 봐온 고등학교 선생님은 내가 그림으로는 가능성이 보이지 않았는지, 무조건 디자인과에 가라고 했다. 그게 앞으로 직업을 얻는 데도 좋을 것 같다고 했다.

그런데 디자인 공부는 생각보다 재미있었다. 다양한 걸 배우기도 했고 일단 석고상 그리기에 비하면 뭐든 다 재미있었다. 졸업 후 디자인 회사에 들어갔다. 다닌 회사의 근속연수를 합치면 겨우 5년 정도다. 일은 재미있었기에 야근은 괜찮았지만, 인간관계에서 오는 스트레스가 심해 회사는 나랑 맞지 않는다는 생각이 들었다.

직장인 시절 스트레스는 그림을 그려서 풀었는데, 퇴근하고 집에 오면 저녁을 먹고 태블릿을 꺼내 그림을 그렸다. 그리고 그것을 인스타그램에 올렸다. 그러다 어쩌다 외주 일이 들어왔고 그걸 시작으로 운 좋게 전업 일러스트레이터가 되었다.

일러스트레이터를 꿈꾸는 분들에게는 미안하지만, 난 처음부터 일러스트레이터가 될 계획은 아니었다. 오히려 디자이너가 되고 싶었다. 물론 일러스트레이터 중에서 좋아하는 작가님들이 있고 그 직업이 진심으로 멋지다고 생각한 적은 있지만, 내가 그 일을 하게 될지는 정말 몰랐다.

현재의 나를 생각해본다. 마치 도망치고 도망치다 결국 원점으로 돌아온 느낌이 든다. 멀미가 심하던 시절, 그저 책상에 앉아 스케치북에 상상하던 걸 그리던 시절로.

그 당시 순수하게 그림이 좋았던 것처럼 지금도 난 내 방식대로 그림을 그릴 때 즐겁다. 많은 것을 바라지 않는다. 그저 지금처럼 자유롭게 그림을 그리고 살아갈 수 있다면 좋을 것 같다는 바람이다. 잘될지는 모르겠지만.

# #12 전시회에 대하여

내가 살던 충주는 미술 전시가 거의 열리지 않았다. 그래서 고등학교 시절 미술 선생님은 '서울에서 전시회 보고 오기' 같은 방학 숙제를 내주기도 했다. 당시 나에게 서울은 혼자 가기에는 두려운 대도시였기에 친구들과 함께 다녔다. 그때는 스마트폰도, '길 찾기' 앱도 없었다. 빽빽한 지하철 노선도를 보며 어지러워했던 기억이 난다. 다행히 지금은 적응해서 잘 살고 있다. 물론 가끔 반대 방향으로 타기도 하지만.

서울에서 살게 된 후로는 매달 다양한 전시를 볼 수 있었다. 심지어 전에 살던 자취방 근처에 '예술의 전당'이 있었다. 그래서 기분이 우울하거나 혼자 어디론가 가고 싶으면 귀에 이어폰을 꽂고 훌쩍 전시를 보러 갔다. 벽에 걸린 그림을 집중해서 보고, 그림을 그린 작가들의 생각이나 마음은 어땠을까 상상해보

며 시간을 보내다 왔다. 그러면 내 안에 있던 알 수 없는 우울함은 어느새 열어져 있었다. 그림을 보는 일은 내게 일종의 치유였다. 특히 지금 사는 집으로 이사 온 후에는 홍대 근처 '오브젝트'라는 곳에 자주 갔다. 귀여운 굿즈를 파는 곳이지만 1층에는 전시를 한다. 새로운 전시가 열리면 들르곤 했다. 그곳을 특히 좋아하는 이유는 일러스트레이터 작가들의 작품을 볼 수 있어서다. 같은 입장이라서 그런지 전시를 보면 좋은 자극을 받는다.

일러스트레이터가 되고서는 나도 매년 전시를 하고 있다. 감사하게도 내 인스타그램을 보고 전시 주최 측에서 제안을 했다. 그 기회로 다양한 곳에서 여러 작가들과 함께 전시회를 열수 있었다. 첫 전시 때가 아직도 생생하다. 전시를 어떻게 준비하는지도 몰랐는데, 그저 참여 작가 명단에 좋아하는 작가님의 이름이 있는 것만 보고 덜컥 도전했다. 심지어 옆자리라 얼마나 좋았는지! 처음이라 열정이 넘쳤던지 그림엽서 만드는 걸로는 마음에 차지 않았다. 고민 끝에 내 캐릭터로 커다란 등신대를 만들었다. 실제 사람만 한 걸 들고 지하철을 타고 전시장까지 갔다. 내 그림을 알아봐주고, 좋게 봐주는 분들이 많아서 전시 내내 마음이 하늘 위에 붕 떠 있었던 기억이 난다.

지금까지도 전시를 하면 매번 찾아와주는 분들이 있다. 그런 분들을 보면 '부족한 내가 이런 사랑을 받아도 되는 걸까?'라는 생각과 함께 감사한 마음이 든다.

전시하는 것도 좋아하지만 나는 여전히 그림을 보는 편이 더 행복하다. 좋아하는 작가님을 만나면 두근거려서 말도 제대로 걸지 못한다. 그저 멀리서 '앞으로도 계속 그림을 그려주세요'라고 응원을 보낸다. 근데 나에게 이런 마음을 가져주시는 분들이 있다는 건 다시 생각해도 정말 기적과도 같은 일이다. 그러니 앞으로도 난 열심히 전시회를 보러 다닐 것이고, 또 기회가 된다면 전시회에 참여하고 싶다.

언젠가는 개인전을 열어보고 싶다는 꿈도 생겼다. 그리 크지 않은 공간에서 내가 생각하고 그려낸 그림을 벽에 걸고 직접 전시장을 지키는 것이다. 사람이 별로 찾아오지 않아서 꾸벅꾸벅 카운터에서 졸다가 누군가 들어오면 나는 아무 일도 없었다는 듯이 일어나 인사를 건넨다. 그러고는 전시와 관람에 대해 가볍게 안내하고 다시 카운터로 돌아온다. 그리고 바쁘게 뭔가 하는 척을 하면서 내 그림을 감상하는 사람의 뒷모습을 훔쳐보며 마음속으로 좋아하고 싶다. 그런 날이 언제 올지는 잘 모르겠지만 말이다.

# 집사의 하루 일과

집사는 아직 자고 있다. 시간은 새벽 5시. 나는 집사를 깨우기로 한다. 집사를 깨우는 건 아주 쉽다. 집사가 예민하기 때문이다. 내가 옆에서 조금만 울면 깨어난다. 오늘은 목 상태가 아주 좋으니 좀 크게 울어본다. "냐~옹, 냐~옹" 집사가 눈을 떴다. 역시 금방 깨어나는군. 근데 집사는 어제 대체 뭘 먹은 거야? 얼굴이 퉁퉁 부었잖아.

깨어난 집사가 화장실로 간다. 나도 신나게 따라간다. 화장실에서 나온 집사는 내 밥을 준다. 우걱우걱. 너무 맛있다. 응? 정신을 차려보니 집사가 없다. 침실에 가보니 다시 이불 속으로 기어들어가 잠을 자고 있다. 아주 게으른 놈이다. 게으른 놈 얼

굴이나 봐야지. 얼굴을 보니 다크서클이 아주 진하다. 나는 마음이 약하니까 옆에서 같이 자줘야겠다. 좀 더 붙어서 자야지.

눈을 뜨니 집사가 나를 쳐다보고 있다. 얼마나 더 잔 거지? 잘 모르겠다. 그나저나 그의 눈빛이 꽤 부담스럽다. 내가 옆에서 자줬다고 또 나에게 반한 모양이다. 일어났으면 간식이나 달라고! 하지만 집사는 이불에서 나올 생각을 하지 않는다. 그저 한참을 나를 보다가 껴안으려고 한다. 이런 변태! 나는 도망을 쳤다. 집사는 나를 쫓아오는가 싶었는데, 일어나서 스트레칭을 한다. 나도 그럼 기지개를 켜야지! 이제 정말 하루의 시작이군!

집사는 나에게 밥을 주고 난 후 무언가를 먹는다. 오늘은 과일을 먹는 것 같다. 저런 걸 왜 먹는 거야 대체. 앗! 갑자기 배가 아프다. 화장실에 가서 응가를 해야지. 집사야 맛있게 먹어라. 난 응가를 할 테니. 다 먹고 화장실 치워주는 건 잊지 말거라.

집사가 작업실로 간다. 나도 따라서 작업실로 간다. 집사는 여기만 들어가면 잘 나오지 않는다. 혼자 맛있는 걸 먹는 게 아닐까 싶어서 하루 종일 곁에 있어봤지만 컴퓨터 앞에만 앉아있다. 시시하다 시시해. 집사는 왜 이곳을 좋아할까. 괜히 심술이 날 때가 있어서 방해를 할 때도 있다. 하지만 오늘은 방해하지 않기로 한다. 난 침실로 가서 또 잠을 자야지.

잠에서 깨어나니 어느새 집사는 요리를 하는 중이다. 점심시간인 것 같다. 집사가 밥을 다 먹을 때까지 옆에서 기다렸다가 간식을 안 주면 혼내줘야겠다. 점심을 먹고 집사는 방으로 들어가 또 일한다. 간식을 안 주고 일만 하다니! 간식 살 돈이 없는 걸까? 새로운 장난감과 간식을 사줄 수 있도록 응원해주어야지. 그래, 이 몸이 무릎에 올라가 주겠어!

집사의 다리는 왜 이렇게 따뜻한 걸까. 그곳에 온종일 있고 싶다. 갑자기 집사가 나를 바닥에 내려놓는다. 그러더니 다리를 주무르며 이상한 소리를 낸다.

"아~ 쥐 났어! 쥐!"

쥐? 쥐라면 내가 잘 잡는데.

할 수 없이 또 난 침대로 가서 잠을 청한다. 일어나니 해가 저물어가고 있다. 집사는 저녁을 먹고 나도 밥을 먹는다. 이제서야 피곤함이 사라졌다! 난 지금 미친 듯이 놀고 싶다. 방을 이곳저곳 뛰어다닌다. 그런데 집사는 피곤해보인다. 이봐 집사, 나랑 놀자! 제발 저 장난감을 흔들어줘. "냥!"

작업 중

골골골

쥐났어! 쥐!

?

쥐는 내가 잘 잡는데...

눈치 빠른 집사가 내 말을 알아듣고 열심히 장난감을 흔들어 준다. 그치만 영 마음에 들지 않는다. 어쩐지 성의가 없는 것 같다. 귀찮다는 표정이지? 이봐, 난 다 알고 있다고. 너의 진심을. 그래도 노력이 가상하니 좀 놀아줘야겠다. 내가 놀아주니 집사가 웃는다. 거봐. 역시 집사는 내가 있어야 해.

집사랑 놀아줬더니 피곤하다. 혼자 있고 싶어졌다. 저 의자 위에서 그루밍이나 해야지. 앗, 깜빡 잠이 들었네. 집사가 침실로 가고 있다! 따라가야지. 난 집사의 그림자를 흉내내며 따라간다. 누워있는 집사의 배 위에 올라가면 기분이 좋다. 나도 모르게 골골골 소리가 난다. 이봐 집사, 오늘도 힘들었지? 고생했어. 나의 골골송을 들으며 힐링 좀 하라고. 그래그래. 자기 전에 간식 하나 더 주는 거 잊지 말고. 알겠지? 지금은 머리를 쓰다듬는 걸 허락하겠어. 그 손 멈추지 마!

난 또 잠이 오는데 저 녀석은 네모난 책을 꺼낸다. 뭐가 아직도 볼 게 남은 거야? 인간 세계는 참 볼 게 많구나. 하긴 나도 꿈에서 또 볼 사람이 있지. 꿈에서 또 만나자, 집사야. 잘 자.

# 2장

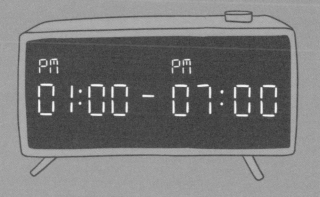

# #01 오늘은 뭘 먹지?

프리랜서가 되고 나서 가장 크게 바뀐 건 식습관이다. 이제 집에서 세끼를 모두 해결해야 했다. 물론 배달음식을 먹거나 외식을 할 수도 있지만, 통장 잔고를 생각하면 매번 그럴 수는 없었다. 식비를 줄이기 위해 동네 마트에서 재료를 골라 직접 요리를 하기 시작했다. 요리라고는 군대에서 조금 해본 경험밖에 없지만 블로그나 유튜브에 레시피가 자세히 소개되어 있으니 대충 비슷하게 만들 수 있다. 물론 맛은 장담할 수 없다. 그래도 요즘은 그럭저럭 먹을 만한 정도는 된다.

오늘 점심에는 시금치 된장국을 끓여 먹었다. 얼마 전 마트에서 세일하는 시금치를 두 봉지나 사왔기 때문이다. 요리법도 모르고 먹다 남을지도 모르는 시금치를 산 건 일단 건강에 좋다고 해서다. 파스타에도, 카레에도 넣어 먹었는데 아직도 시금치

는 많이 남아있다. 오히려 사올 때보다 불어난 느낌이다. 그래서 오늘 점심은 시금치 된장국이 된 것이다.

시금치 된장국 레시피도 검색하니 수없이 나왔다. 멸치 육수를 내고 된장을 풀고 어묵과 양파를 넣고 데친 시금치를 넣었다. 그리고 맛을 보니 제법 맛있다. 그렇게 시금치 된장국을 먹으며 내일은 또 어떤 시금치 요리를 해 먹을지 생각했다. 며칠째 시금치 음식을 먹으니 어릴 때 봤던 뽀빠이가 생각났다.


이렇게 건강한 요리에 관심을 갖게 된 건 그리 오래되지 않았다. 예전에 나는 음식, 하면 일단 '맛'이 중요했다. 조미료를 팍팍 넣더라도 맛있어야 했다. 하지만 해가 바뀔수록 음식의 중요 포인트는 점점 영양과 건강으로 옮겨갔다. 조미료를 줄이고 채소와 과일을 많이 먹자는 생각을 자주 하게 된다. 이제 난 아무거나 먹어도 힘이 넘치는 20대도 아니고 심지어 요즘은 자주 컨디션이 왔다 갔다 한다. 아프면 챙겨줄 사람도 없으니 건강한 음식을 먹고 싶어도 운동을 하려고 노력한다.

건강을 챙기는 또 다른 이유는 '그림 그리는 일' 때문이다. 난 어릴 때부터 '장 자끄 상뻬'라는 프랑스 일러스트레이터를 좋아했다. 《꼬마 니꼴라》, 《얼굴 빨개지는 아이》, 《좀머씨 이야기》 등의 작품으로 유명한 작가다(특히 나는 《좀머씨 이야기》를 좋아한다). 이분은 80대 후반이 된 지금도 여전히 책상 앞에 앉아 그림을 그리고 있다. 내가 '장 자끄 상뻬'처럼 근사한 그림을 그릴 수는 없어도 그처럼 오래오래 그림을 그리고 싶다. 그러다 운좋게 멋진 작품 하나 정도는 만들어낼 수도 있지 않을까?

　그러기 위해선 역시 건강이 제일 중요하다. 오늘도 오후 산책을 마치고 집으로 돌아오는 길에 동네 마트에 들렀다. 마트에 들어가 다른 사람들의 장바구니를 빠르게 스캔하면서 오늘의 세일 상품이 뭔지 가늠해보았다. 그리고 언제나처럼 채소와 과일을 파는 코너로 먼저 가 아주머니들 틈에서 최대한 싱싱하고 맛이 좋아보이는 걸 신중하게 골랐다. 그럴 때 나는 일을 할 때보다 더 집중하는 듯하다. 점점 건강에 진심이 되어가는 나를 보면서 가끔 이런 생각을 한다. 내가 '프리랜서 일러스트 작가'가 아니라 '프리랜서 요리사'가 된 게 아닐까 하는.

# #02 주노의 자취 요리

## 1. 카레

그동안 내가 만든 카레는 어쩐지 깊이가 없었다.
그러다 인터넷으로 '캐러멜라이징 양파'를 활용한
카레 조리법을 보고 만들어보았는데
시간은 더 걸렸지만 정말 맛있었다.
시간을 들이면 깊이가 생기는 것은
그림이나 요리나 마찬가지인 듯하다.

## 2. 빵 + 크림치즈

이 조합으로 아침을 먹는 일이 많다.
빵을 미니 오븐에 굽는다.
냉장고에서 크림치즈를 꺼내 빵에 발라 먹는다.
채소가 있다면 함께 빵에 올려 먹기도 한다.
빵은 왜 이렇게 맛있는 걸까.

## 3. 김치찌개

겨울이 다가오면 어머니께서
직접 담근 김치를 보내주신다.
김치가 냉장고에서 한 달 정도 지나면 맛있게 익는다.
백종원 아저씨의 레시피를 활용해
김치찌개를 자주 끓여 먹는다.
두부, 돼지고기, 소시지 등을 같이 넣으면 더 맛있다.

## 4. 볶음밥

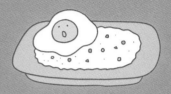

딱히 먹을 게 없을 때는? 무조건 볶음밥이다.
냉장고에 남아있는 채소들을 다 쓸 수 있어 좋다.
달걀이 있다면 금상첨화!
달궈진 프라이팬에 다진 채소를 넣고 볶다가
버터 한 조각을 넣고 굴 소스를 넣는다.
그러면 웬만하면 다 맛있다.

## 5. 스파게티

라면만큼 쉬운 게 스파게티라 자주 먹는 편이다.
주로 토마토소스를 사용한다.
면은 완전히 익은 걸 좋아해서 8분 정도 삶는다.
면 포장지에 1인분 사이즈가 그려져 있는데,
왠지 적어 보여서 꼭 더 넣게 된다.
근데 만들고 나면 '이거 너무 많은가?' 하는
생각을 매번 한다.

## 6. 김밥

처음에는 마는 게 서툴러 김밥이 다 터졌다.
하지만 계속하다 보니 제법 잘 만들게 되었다.
역시 반복의 힘인가? 이제는 자신감이 붙었다.
재료는 2~3개 정도만 넣는 편이다.

양 조절 실패

# #03 집돌이의 다이어트

살이 빠지지 않는다. 최근 70㎏까지 빼자고 마음 먹었지만, 몸무게는 73㎏에서 좀처럼 떨어지지 않는다. 아침은 과일이나 요거트를 먹고, 점심은 평소대로, 저녁은 간단히 먹는다. 그래도 살이 빠지지 않는다. 운동을 해야 할 것 같아서 조깅도 하고 유튜브를 보며 홈트도 하고 있다. 그래도 체중계의 숫자는 꼼짝도 하지 않는다. 어쩌면 체중계가 고장 났을지도 모른다고 생각했다. 하지만 체중계는 산 지 얼마 안 됐기 때문에 그럴 일은 없다.

다이어트를 하게 된 계기가 있다. 어느 날 외출할 일이 생겨서 옷장을 열어 좋아하는 검은색 면바지를 꺼내 입었다. 근데 허리가 잠기지 않는 것이다. 옷장 속에서 무슨 일이 일어나 바지가 줄어든 줄 알았다. 설마, 하는 심정으로 다른 바지들도 꺼내 입어보았는데 다 허리가 꽉 끼는 것이었다. 맙소사! 내가 살이 찐 것이다. 다행히도 그날 외출은 허리가 넉넉한 청바지가 있어서 괜찮았지만, 길을 걷다가도 옷장 속에 있는 못 입는 옷들이 자꾸 생각났다. 집에서 일하는 프리랜서이자 집돌이인 나는 외출이 적다. 그래서 옷장 속에는 산 지 좀 됐어도 몇 번 입지 않은 옷들이 대부분이다. 왠지 나의 옷들에 미안해졌다. 난 나를 자책하며 살을 빼자고 다짐했다.

20대 때는 아무리 먹어도 70㎏을 넘지 않았다. 심지어 군대 가기 전에는 60㎏도 넘지 못했다. 아무리 먹어도 다음날 화장실을 다녀오면 다시 원래의 몸무게로 되돌아갔다. 마치 고무 인간처럼. 군대를 제대할 때쯤 겨우 60㎏을 넘었다. 제대 후에도 군 것질과 야식을 즐겼지만 살이 찌지 않아 나는 살이 안 찌는 체질일지도 모른다고 생각했다. 그런데 30대가 되고 어느 순간 내 몸무게는 75㎏이 되어있었다. 얼굴이 좀 둥글둥글해진 듯도 했다. 이제는 먹으면 먹는 대로 살이 찐다.

나만 그런 건 아닌 것 같았다. 친구들만 봐도 예전에 말랐던 친구들 모두 다 살이 찌고 조금씩 배도 나왔다. 고등학교 때부터 봐온 친구들이라 지금 모습을 보면 웃음부터 터져 나온다.

"너 왜 이렇게 살이 쪘냐?"

요즘은 만나자마자 하는 인사가 살 얘기다. 대부분 결혼을 하고 아이까지 있는 아빠가 되었는데, 친구들 말로는 결혼하니 마음도 편안해지고 아내가 해주는 맛있는 음식을 먹고 쪘단다. 그렇게 다들 결혼을 탓을 한다. 근데 난 아직 미혼이라 행복한 푸념을 할 수도 없다. 그러니 나이 탓만 할 뿐이다.

"30대라서 그래!"

매일 체중계에 올라가 몸무게를 잰다. 오늘도 몸무게는 73㎏에 멈춰있다. 살이야 얼마든지 마음만 먹으면 뺄 수 있다고 생각했던 과거의 내가 원망스럽다. 요즘은 폭식과 야식을 멀리하고, 정말 좋아하는 빵도 줄였다. 그리고 오후에는 유튜브를 켜서 홈트도 한다. 하기 싫어도 억지로 운동을 하고 있으면 이제 정말 30대라는 게 실감이 난다.

# #04 평일 오후의 외출

 엄마에게 전화를 드리면 늘 하는 말씀이 있다.

"의자에만 앉아있지 말고 밖에도 나가고 그러렴."

내가 집에서 틀어박혀 작업만 하는 줄 알고 늘 걱정을 하신다. 뭐 틀린 말은 아니지만. 그래도 나름 자주 밖에 나가 활동하려고 노력한다. 차도 없고 자전거는 장식용이 된 지 오래라 활동이라고 해봐야 집 근처를 걷는 것뿐이지만 말이다.

연희동으로 이사 와서 좋은 점은 걸어서 갈 곳이 많다는 것이다. 독립 서점, 분위기 좋은 카페, 나를 유혹하는 빵집, 맛있는 음식을 파는 식당, 그리고 홍제천까지. 나는 평일 오후에 이런 곳을 돌아다니는 걸 좋아한다. 주말에 일을 바짝 해놓고 평일 중 하루를 나름의 휴일로 만드는 것이다. 평일이 휴일이 되면 거리가 한적해서 좋다. 핫 플레이스에 가도 사람이 많지 않아 충분히 즐길 수도 있고.

특히 나는 홍제천을 따라 걷거나 달리는 걸 좋아한다. 홍제천에는 운동을 할 수 있게 길이 잘 조성되어있다. 또 유독 홍제천을 좋아하는 이유는 어릴 적 살던 동네를 떠올리게 하기 때문이다.

어릴 때 내가 살던 곳에도 하천이 흐르고 있었다. 이름은 정확히 기억나지 않는다. 산책로는 없었고 잡초만 무성했던 그 하천을 따라 나는 초등학교와 중학교를 다녔다. 신기한 사실은 매일같이 그 길을 다녔지만 하천을 바라보는 게 질리지 않았다는 점이다. 내가 성인이 되고 나서 부모님은 농사를 짓고 싶다는 마음으로 시골 마을로 이사를 하셨다(아마도 막내인 내가 성인이 될 때까지 기다리신 게 아닐까 싶다). 근처에 하천이 흐르던 그 집에는 지금 이모가 살고 계시지만, 갈 기회가 많지 않다. 그래서 난 홍제천을 따라 걸으면서 종종 그 동네, 그 시절을 떠올린다. 그러면 거짓말처럼 마음이 편안해진다.

홍제천에 가지 않는 날이면 서점이나 카페, 맛집을 돌아다닌다. 며칠 전에는 원래 가려고 했던 브런치 가게에 재료가 소진되는 바람에 우연히 맛집을 발견했다. 허탈한 마음으로 브런치 가게에서 나왔는데 맞은편에 작고 예쁜 가게가 있는 게 아닌가. 생긴 지 얼마 되지 않아보였고 간판도 없었지만, 소품을 파는 가게인 것 같아 구경 삼아 가까이 갔다. 가서 보니 케이크 가게였다. 안에는 아무도 없고 불도 꺼져있었다. 오늘은 실망해서 돌아서려는데 영업 날짜가 적힌 푯말이 눈에 들어왔다. 영업일은 목, 금, 토였다. 이렇게 일하는 날보다 쉬는 날이 많은 거라면 분명히 엄청난 맛집일 거라고 생각했다. 케이크의 맛을 상상하며 영업시간에 다시 오기로 마음먹었다.

다음 주, 드디어 케이크 가게에 들어갈 수 있었다. 오픈 시간에 맞춰 갔지만 내가 첫 손님은 아니었다. 이미 와있던 한 손님은 예약한 케이크를 받아 가는 듯 보였다. 그 손님이 주문한 케이크는 화려한 모습은 아니었지만, 왠지 진한 초코맛이 예상되는 코코아색의 케이크였다.

'뭘 먹을까…'

조각 케이크 진열대를 보면서 뭘 살지 행복한 고민을 했다. 종류는 많지 않지만, 왠지 다 맛있어 보여 쉽게 고를 수가 없었다. 사장님께 가장 인기 있는 케이크가 뭔지 물어보았다. 사장님은 블루베리가 올라간 초코 케이크를 추천해주었다. 집으로 돌아와 커피를 내린 후 설레는 마음으로 케이크를 입에 넣었다. 그

래, 이런 게 행복이지! 케이크가 맛있었던 탓도 있었지만 동네에 이렇게 맛있는 케이크 가게가 생겼다는 게 기뻤다.

'이렇게 살아도 괜찮은 걸까? 이러다 일이 끊기면 어떡하지?' 그런 불안한 생각이 드는 날에는 꽤 오래 동네를 걸어 다니게 된다. 가끔 그런 생각을 하면서 대낮에 길을 걷다 보면 기분이 묘하다. 왠지 반항아가 된 기분이랄까. 학교를 땡땡이치고 놀고 있는 불량 학생이 된 것 같다. 하지만 괜찮다. '어떻게든 되겠지! 일단 케이크라도 먹을까' 하는 마음이 들 때까지 걷다 보면 마음이 꽤 차분해진다는 걸 이제 나는 알고 있다.

# #05 주노의 외출복

여름

타이맥스 시계
(시계 소리가 꽤 크다.)

뉴욕 양키스 검정 모자
(나와 안 어울리는 것 같지만
아까워서 쓰게 된다.)

더워

아이폰
(스마트폰은 4년 넘게 쓰는

공파로 얻은 부채
(그림과 다름.)

세일이라 산 셔츠
(너무 튀지만 입으면
왠지 기분이 좋다.)

여름에는 늘 반바지를 입는다

안경
(시력이 그다지 좋지 않지만
외출할 때는 쓰지 않는 편이
그래서 가방 속에 넣어 다닌

에코백
(여름에는 특히 즐겨 가지고 다닌다.
사은품이나 무료로 받은 것들이 대부분이다.
장을 볼 때도 유용하다.)

100

겨울

회색 비니
(한 5년 전쯤 이태원 플리마켓에서
만 원에 샀다. 나름 잘 어울린다고
생각해서 겨울에 자주 착용한다.)

'또' 타이맥스 시계
(손목시계가 거의 없다.)

책
(가방에 늘 책 한 권을
챙기는 편이다. 지하철에서
심심할 때 읽을 수 있는
가벼운 에세이가 좋다.)

향수
(뿌리면 내가 머리가 아파서
잘 안 쓰게 된다.)

인터넷에서
구매한
숏패딩

저렴한 첨바지

검정 토트백
(미팅이 있을 때도 사용한다.)

에어팟
(집에서도 사용한다.
케이스에는 뽑기로 얻은 열쇠고리가 달려있다.
요즘은 헤드셋을 사고 싶다.)

# #06 알 수 없는 맛집 찾기의 세계

블로그를 열심히 뒤져서 동네 맛집을 찾아간 적이 있다. 동네에 맛집을 몇 개 알아두는 것도 살아가는 데 좋을 것 같아서다. 돈가스와 우동을 파는 가게였는데, 막상 가니 문이 굳게 닫혀있었다. 가게 앞에는 브레이크 타임이라는 팻말이 있었다. 인터넷에는 브레이크 타임이 있다는 내용은 없었는데, 왠지 속은 것 같은 기분이 들었다.

집에 다시 돌아갈까 싶었지만, 오픈까지 한 시간이 채 남지 않아 주변을 어슬렁어슬렁 돌아다녔다. 그러다 보니 더욱 배가 고파졌다.

시간을 맞춰 가게에 들어갔다. 내부에는 손님이 한 명도 없었다. 이른 저녁 시간이니 없을 수도 있겠다 싶었다. 가게 내부 사진을 찍고 창밖에 지나가는 사람들을 구경하다 보니 음식이 나왔다. 블로그나 가게 리뷰에서 다들 맛있다고 별 다섯 개를 준 가게여서 꽤 기대를 하고 첫 돈가스를 입에 넣었는데, 맛이 별로였다. 기대가 너무 컸던 걸까? 결국, 음식을 남기고 가게를 나오니 머리 위에 글자가 둥실 떠오른다.

'맛집 찾기 대! 실! 패!'

맛집 찾기란 정말 어렵다. 찾으려고 할수록 왠지 더 꼭꼭 숨는 듯한 느낌이다. 누군가와 함께 맛있는 걸 먹고 싶고, 오늘은 꼭 맛있는 걸 먹어야 한다는 생각을 가지면 가질수록 더욱더 깊은 수렁에 빠져버리는 것 같다. 특히 블로그나 인스타그램을 보고 찾아가면 성공 확률이 더 낮아진다. 물론 맛이란 건 주관적인 것이라 글을 쓴 사람을 원망할 수도 없다. 반면 아무런 생각 없이 들어간 동네 식당이 대단한 맛집인 경우가 있다.

얼마 전에 가본 가게가 그랬다. 주꾸미 요리를 파는 아주 평범하고 작은 가게였다. 2년 넘게 이 동네에 살면서 그 가게 앞을 많이 지나다녔지만, 왠지 들어가고 싶은 마음은 들지 않았다. 내가 매운 음식을 즐기지 않기도 했고, 그 가게는 맛집 검색에도 나오지 않아 가볼 생각을 못했다. 그런데 우연히 그 가게에 들어가게 된 것이다.

가게에는 3명의 직원이 있었다. 주인으로 보이는 인상 좋으신 아주머니와 서빙하는 분, 주방에서 요리하는 분은 어쩐지 어

머니와 두 딸처럼 보였다. 가족이 아닐지도 모르지만 몹시 닮아서 그렇게 추측했다. 아무튼 세 분 모두 친절하셨고, 각자 정해진 구역에서 일을 열심히 하고 있는 건 분명했다.

곧 주문한 '주꾸미 비빔밥'이 나왔다. 넓은 그릇에 밥이 담겨 있고 야채와 주꾸미 볶음을 넣어 비벼 먹는 방식이었다. 열심히 비빈 주꾸미 비빔밥을 입안에 넣고 난 놀라고 말았다. 마치 주성치 영화 〈쿵푸허슬〉 속 무림 고수를 만난 기분이었다. 아주 평범해보이던 식당 직원들이 엄청난 고수로 보이기 시작했다. 주꾸미에서는 불맛이 제대로 났고, 야채와 주꾸미와 밥이 아주 조화롭게 입안에서 춤을 추었다. 매운 걸 잘 먹지 못하는 나지만 너무 맛있어서 금세 그릇을 비우고 말았다. 이렇게 맛과 서비스에 진심인 가게를 만나면 돈을 내면서도 그저 감사할 뿐이다.

왜인지 열심히 검색해서 찾아간 곳은 맛집이 아니고, 아무런 기대도 없이 들어간 곳이 맛집이라니! 역시 나는 맛집 찾기에 재능이 없는 게 아닐까? 난 그저 맛있는 음식을 먹고 싶을 뿐인데.

# #07 쓸쓸한 날, 붕어빵 생각

'이번 겨울은 이상하게 슬픈 일이 몰려오는 느낌이야.' 그런 생각을 하며 산책을 하던 중, 작년 이맘때 자주 가던 붕어빵 가게가 없어진 걸 알았다. 그 가게가 있던 자리에 토스트 가게가 생겨 반갑기는 하지만, 찬바람이 불고 추워지니 작년에 먹던 붕어빵이 자꾸 눈앞에 아른거렸다.

'그래! 이것도 슬픈 일 목록에 추가해야겠다.'

지금은 사라진 그 붕어빵 가게는 나이가 지긋한 아주머니가 운영하던 작은 슈퍼 앞에 있었다. 추워지기 시작하면 아주머니는 슈퍼 앞에서 붕어빵을 팔았다.

아주머니는 손님들에게 친절한 편은 아니었지만, 붕어빵은 정말 맛있게 만드셨다. 특히 붕어빵을 집을 때에는 장갑을 끼고, 계산할 때는 장갑을 벗고 돈을 받으시는 위생적인 모습이 인상

쓸쓸하군...

적이었다. 당연한 것이지만 지키지 않는 곳도 많으니까. 아무튼 맛과 위생이라는 두 마리 토끼를 다 잡은 그 가게를 나는 참 좋아했다.

가게는 작년 겨울에 내가 다니던 헬스장 근처에 있었는데, 운동이 끝나고 그곳을 지나칠 때 몹시 괴로웠던 기억이 난다. 운동을 한 탓에 배도 고프고 고소한 냄새가 발을 잡아끌기까지 하니 그냥 지나치기는 힘들었다.

대체로 나는 그 냄새에 졌고, 가방 속에서 현금을 홀린 듯 꺼내 붕어빵 한 봉지를 샀다. 품에 온기가 가득한 붕어빵 봉지를 안고 집으로 가면서 야금야금 먹던 기억은 지금 떠올려도 행복하다. 운동 후 따끈한 붕어빵을 먹는 기분은 고양이를 껴안을 때만큼이나 좋았다.

생각해보면 그 붕어빵 가게가 왜 사라졌는지 알 것 같기도 하다. 붕어빵 가게 옆에 커다란 편의점이 생긴 게 가장 큰 원인인 듯하다. 편의점은 24시간 열려있고 다양한 상품들, 각종 행사도 있으니 작은 슈퍼와 겨울철 붕어빵 장사만으로는 운영이 힘들지 않았을까? 사실 나도 편의점을 굉장히 애용했기 때문에 마음이 불편했다. 물론 전혀 다른 이유일 수도 있다.

슈퍼 아주머니가 알고 보니 상가 건물주였고 슈퍼와 붕어빵 장사는 취미였는데 좀 쉬고 싶어져서 장사를 접었다는 식의 주말 드라마 같은 서사도 가능하겠다. 물론 이런저런 생각들을 나름대로 해봤자 결국 나는 붕어빵 가게가 사라진 이유를 알 수 없을 것이다.

붕어빵 가게가 사라진 자리에 새로 생긴 토스트 가게에 갔다. 기본 토스트 하나를 사서 집으로 왔다. 식탁에 앉아 토스트를 한입 베어 물었다. 안타깝게도 내 스타일이 아니었다. 토스트를 씹고 있으니 더욱 작년에 먹었던 붕어빵이 그리워져 버렸다 (그래도 토스트는 다 먹었다).

쓸쓸한 마음으로 욕실로 들어가 뜨거운 물로 샤워를 하며 생각했다. 인생은 붕어빵 가게 같은 거라고. 언제든지 예고 없이 사라질 수 있는 거라고. 그리워해봤자 소용없다고. 그런 엉뚱한 생각을 하면서 샤워를 하고 나왔더니 거짓말처럼 붕어빵 생각이 사라졌다.

그후 자주 가는 마트 앞에서 새로 생긴 붕어빵 가게를 발견했다. 올해가 첫 판매인 듯했다. 나는 괜히 그곳을 며칠째 유심히 보게 되었다. 사람들이 얼마나 붕어빵을 사 먹는지, 붕어빵은 어떤 모양인지, 천 원에 몇 개를 주는지 등을 살폈다. 기껏해야 붕어빵이지만 그 가게 붕어빵이 맛이 없어서 또 사라져 버린다면 왠지 이번 겨울은 더욱더 쓸쓸해질 것 같았기 때문이다.

　나는 어쩌면 마지막 희망을 바라보고 있었는지도 모른다. 며칠을 지켜본 결과 나름 단골과 가족 단위의 고객이 있는 것 같았다. 가격도 천 원에 3개. 조만간 나도 천 원짜리를 주머니에 몇 장 품고 가봐야겠다.

# #08 좋아하는 걸 소중히

요즘은 마음만 먹으면 사람들과 쉽게 소통할 수 있다. 인스타그램만 봐도 라이브 방송, 스토리, 댓글 등 다양한 방법으로 소통할 수 있다. 하지만 나는 혼자 작업하는 데 익숙해져서인지 그런 소통에 익숙지가 않다. 사실 겁이 나기도 한다. '라이브 방송 중에 외국인이 들어와 영어로 말을 걸면 어쩌지? 답변을 보냈는데 오타투성이면 어쩌지?' 하는 걱정부터 하게 된다. 그래도 요즘은 나름 용기 내서 조금씩 소통하려고 노력한다.

하루는 인스타그램 스토리에서 '좋아하는 걸 말씀해주시면 그려보겠습니다'라는 작은 이벤트를 했다. 늦은 새벽에 했는데도 많은 분이 참여해주셨다.

1시간 30분 넘게 쉬지 않고 그렸지만 10개밖에 못 그렸다. 더 그려드리고 싶었지만, 눈도 아프고, 잠이 오는 관계로 그만두었다. 그려드리지 못한 것은 모두 캡처해서 핸드폰에 보관했다. 다음 날 일어나서 캡처된 답변을 보니 꽤 재미있는 게 많았다.

우주선과 우주인, 세일러문, 시험에 합격한 나(여자), 하품하는 하마, 바무와 게로(찾아보니 그림책 캐릭터인 듯하다), 해리 포터, 노래 부르는 닥스훈트, 행복한 퇴근길 등등.

그것들을 천천히 읽고 있으니 친구네 집에 놀러 가 보물 상자를 함께 열어보고 있는 것 같은 기분이었다. 보고 있는 것만으로 나도 저절로 기분이 좋아졌다.

그러고 보면 난 누군가 좋아하는 것에 대해 말하는 것을 듣는 걸 좋아한다. 좋아하는 걸 말하는 사람의 눈을 자세히 보면 반짝반짝 빛나고 있기 때문이다. 덕분에 내 마음도 반짝반짝 빛나는 기분이 든다. 좋아한다는 건 아마도 그런 힘이 있는 게 아닐까.

그 사실을 처음 알게 해준 사람이 있다. 군 생활 막바지 무렵에 새로운 후임 둘이 들어왔다. 늘 그렇듯 신병들은 어리바리하고 실수 투성이였다. 사회에서는 그렇지 않을지 모르지만, 군대

칼퇴 유후~

다리가 짧아도
괜찮아요~ ♫

하(마) 하(품)

해냈다~

에 들어오면 모두 어떤 면에서 바보가 되었다. 그중 유독 한 후임이 눈에 띄었다. 키도 작고 조금만 움직여도 땀을 뻘뻘 흘리던 녀석은 누구보다 실수가 잦았다. 그 녀석의 이름은 L군. L군은 일은 서툴렀지만 특별한 능력이 하나 있었다. 그건 바로 일본어.

그는 일본어학과를 다니다가 왔다고 했다. 그는 우리가 일본 비디오게임을 하면 옆에서 다 통역해줄 정도였다. 아주 빠르게 일본어를 한국어로 마법처럼 말을 했다. 어느 날 그와 나는 야간 근무를 같이 서게 되었다. 신병 특유의 긴장한 얼굴을 보니 무언가 말이라도 붙여야 할 것만 같았다. 살던 곳과 여자친구는 있는지, 과거 여자친구 이야기 같은 것들. 뻔한 레퍼토리의 이야기들이었다. 그러다 문득 궁금해졌다.

"일본어학과를 왜 간 거야?"

내 질문에 L군의 긴장한 얼굴에는 갑자기 옅은 미소가 떠올랐다. 그의 수줍은 웃음은 그를 10대처럼 느끼게 했다. 그는 그런 미소를 유지하며 말을 했다.

"우연히 고등학교 때 일본 영화를 보고, 일본어를 배우고 싶어졌습니다."

"무슨 영화?"

"〈지금 만나러 갑니다〉라는 영화입니다."

그의 눈은 어느 때보다 반짝였고 목소리도 또렷했다.

"그 영화가 그렇게 재미있어?"

"그렇습니다. 그 영화 여배우 타케우치 유코를 너무 좋아합니다. 그래서 일본어를 배우고 싶어졌고 공부해서 일본어학과에 들어갔습니다."

나는 그의 목소리에서 어떠한 떨림과 묘한 흥분을 감지했다. 그는 정말 그 영화를 좋아하고, '타케우치 유코'라는 배우를 좋아하고, 자신의 꿈을 좋아하고 있었다. 의심조차 할 수 없었다.

당시 내게는 눈이 반짝일 정도로 좋아하는 게 없었다. 그나마 좋아하는 그림도 대학 시험에서 좌절 후, 흔들리고 있었다. 그래서인지 그의 눈빛과 떨림과 흥분이 부러웠다. 그것을 훔치고 싶을 정도로.

이상하게도 그날 L군의 눈빛은 그 후로도 내 마음속에서 잊히지 않았다. 그래서인지 나도 일본 영화를 자주 보게 되었다. 재미있든 재미있지 않든. 난 L군의 반짝이는 눈과 '좋아한다는 것'을 배우고 싶었는지도 모른다. 그리고 지금은 일본 영화를 진심으로 좋아하게 되었다. 힘이 들거나 스트레스를 받으면 일본 영화를 보며 시간을 보내기도 했다. 지금 L군을 만나면 어쩌면 이야기가 잘 통할지도 모르겠다.

돌이켜 생각해보면 힘든 시기에 나를 버티게 해준 건 소소하지만 진심으로 좋아하는 것들이었던 듯하다. 앞날이 캄캄해서 아무것도 보이지 않을 때 내 안에서 빛을 내어준 건 다름 아닌 좋아하는 영화 한 편, 책 한 권 같은 것이었다. 나이가 들수록 점점 좋아하는 게 줄어가는 느낌이 들지만, 오래도록 좋아하는 것들을 소중히 여기는 사람이 되고 싶다.

# #09 서울 자취방 이야기

작업실 방 벽지에 곰팡이가 조금 생겼다. 벽지가 누렇게 된 부분도 발견했다. 올해 여름 장마가 긴 탓이 아닐까 싶다. 거기다 자취방 채광도 좋지 않고. 창문이 있지만 커다란 교회 건물이 가로막고 있어 작업실로 들어와야 할 햇빛을 차단한다.

지금 자취방은 서울에서 얻은 세 번째 자취방이다. 이 방을 구할 때 가장 중요하게 생각한 건 채광보다는 크기였다. 첫 자취방에서 얻은 교훈 탓이다.

입사가 결정된 후 일주일 안에 집을 구해야 해서 인터넷 카페를 통해 집을 구했다. '월세 20만 원, 신축, 풀옵션'이라는 조건에 끌려 얻게 된 원룸. 하지만 사진과는 다르게 너무나도 방이 작았다. 다른 방을 알아볼 시간도 없었기에 1년 정도만 살기로 했다.

그러던 어느 날, 그 방에서 잠을 자려고 누웠는데 숨이 막혀 오는 게 아닌가. 사방의 벽이 점점 좁아지는 느낌이 들고 식은땀이 났다. 알 수 없는 공포감에 나는 1년이 되자마자 다른 방을 알아보았다. 무조건 넓은 방으로.

회사에 다니면서 집을 알아보는 건 꽤 힘든 일이었다. 시간을 쪼개서 집을 알아봤다. 그러다 2층에 햇빛도 잘 들어오고 넓은 방을 찾았다. 심지어 전세였다. 그곳이 서울에서 얻은 두 번째 자취방이다.

두 번째 자취방은 장점도 많고 단점도 많은 곳이었다. 일단 장점으로는 저렴한 전셋값, 회사와 가까운 거리, 채광이었다. 무엇보다 만족스러운 건 넓은 방이었다. 원룸이었지만, 성인 10명은 거뜬히 누울 수 있는 크기였다.

단점은 건물이 오래되었다는 것이다. 종종 천장에서 쥐나 내가 모르는 생물이 걸어 다니는 소리가 났다. 벌레도 가끔 나왔다. 최악은 방음이 안 된다는 점이다. 옆방 사람의 목소리가 아주 생생하게 들렸다. 내가 이사온 지 몇 개월 뒤, 옆방에 커플이 이사를 왔는데 자주 19금 소리가 들려왔다. 더 큰 문제는 그 커플은 꽤 거친 사람들이었는지 점점 알 수 없는 소리로 29금 영화를 찍기 시작했다. 처음에는 들어줄 만했지만, 점점 스트레스가 되었다. 하지만 화목한 집에 뭐라고 할 수도 없었다. 귀에 이어폰을 꽂고, 다른 집에서 그 소리가 우리 집에서 난다는 오해를 하지 않길 바랄 뿐이었다.

그 두 번째 집에서 4년 넘게 살았다. 전세금이 낮아서이기도 했지만 중간에 회사를 그만둬서 다른 곳에 갈 여유가 없었다. 나는 그 집에서 나름 열심히 그림을 그리며 프리랜서로 정착했다. 그러다 지금의 집을 구해서 이사를 왔다.

고향의 친구들은 종종 말한다.

"이제 직장도 안 다니는데 왜 서울에 있는 거야? 그 돈이면 고향에 꽤 깔끔하고 좋은 아파트를 구할 수 있어."

그러면 나는 대답한다.

"난 그냥 서울이 좋아."

7년 넘게 나름 힘들다면 힘들게 서울에서 자취생활을 하고 있다. 그동안 나는 정말 서울이 좋아졌다. 때론 불안하고 날 긴장하게 하는 서울이지만, 그것들 또한 좋아하게 되었다. 고향에 가면 부모님도 계시고, 친척들, 친한 친구들도 있다. 대신 이 긴장감이 모두 사라질 것만 같다. 서울에서 외롭고 힘들 때도 있지만, 극복해서 더 앞으로 나아가보고 싶다. 그러면 무엇이 내게 남을지 궁금하기도 하다.

집이 작은 건가
내가 큰 건가
#자취방

이따금 첫 자취방에서 벽이 좁아지는 공포를 느꼈던 때를 생각한다. 지금도 그 감각이 생생하다. 그래서 여전히 집을 구할 때 1순위로 보는 조건은 '크기'다. 같은 보증금이라면 넓으면 넓을수록 좋다.

그렇다면 그런 방은 어떻게 구해야 할까? 겪어보니 열심히 발품을 파는 것이 제일이다. 요즘은 인터넷이나 스마트폰 앱으로 방을 쉽게 구경할 수 있지만, 그래도 부동산에 가서 직접 여러 방을 보는 것만큼 좋은 방법은 없다. 부동산에 가면 간혹 인터넷에는 없는 매물을 보여주기도 하고, 마음에 드는 집이 있으면 부동산 직원에게 집주인에 대한 정보도 얻을 수 있다.

마치 집을 구하는 데 도가 튼 것처럼 말했지만, 여전히 집 구하는 건 쉽지 않다. 아! 벌써 다음 집을 구할 때 괴로워하고 있는 내가 상상된다.

# #10 치킨은 외로움이다

치킨이 먹고 싶은 날이 있다. 막상 시키면 몇 조각 먹지 않고 남길 걸 알면서도 그 유혹을 뿌리치지 못한다.

오늘은 '지코바'와 '푸라닭' 중 고민을 했다. 푸라닭은 한 번도 먹어보지 못해서, 지코바 치킨은 최근 가장 맛있게 먹은 기억이 있어서 고민이 됐다. 결국 나의 선택은 푸라닭이었다. 하지만 처음이라 메뉴를 고르는 관문이 아직 남았다. 사람들이 쓴 리뷰를 열심히 읽어본 후 마침내 주문을 마친다. 치킨 하나 시키는 데 30분이 넘게 걸린다니. 이럴 때는 내가 뭔가 덜된 인간처럼 느껴지기도 한다.

겨우 주문을 마치고 '홈트'를 했다. 저녁에 치킨을 먹는다는 죄책감을 조금이라도 덜기 위해서다. 유튜브로 홈트레이닝 영상을 틀어놓고 열심히 따라 했다. 운동 후 개운하게 샤워를 마치니 치킨이 도착했다. 맛은 있었지만 예상대로 다섯 조각 정도 먹

으니 물리기 시작했다. 아무리 치킨 무를 먹고 콜라를 마셔도 소용없다. 간절하게 치킨을 원했던 나는 어느새 사라져있었다.

어릴 때 나는 치킨집과 아주 가까이 살았다. 당시 우리 집은 상가 건물 2층이었는데 바로 1층에서 이모가 치킨집을 했다. 그 치킨은 내가 이제까지 먹은 치킨 중에 가장 맛있는 치킨으로 기억한다. 아마도 갓 튀겨서 나온 치킨을 먹었기 때문일 거라고 생각한다. 거기다 늘 가족들과 함께 먹었다는 점도 크게 작용했을 것이다. 이모네 식구와 우리 식구가 치킨집 홀에 모여 치킨을 먹는 날도 많았다. 난 그다지 먹는 데 욕심은 없지만 그래도 빠르게 치킨이 사라져버리는 것을 보면 아쉬울 때도 있었다. 특히 난 프라이드 치킨을 양념 소스에 찍어 먹는 걸 좋아했다.

이모네 치킨은 나를 특별하게 만들어주기도 했다. 생일이면 나는 동네 친구들을 치킨집으로 초대했고 치킨을 먹으며 생일 파티를 했다. 그리고 이모는 나를 예뻐해서 소풍을 갈 때면 꼭 치킨을 한 마리 싸주셨다. 소풍 장소에 도착하면 금세 친구들 사이에 치킨을 가져온 게 소문이 나 있었고 그렇게 나는 친구들 사이에서 특별해져 있었다. 그날만큼은 그 기분을 조금 즐겼다.

그 특별한 기분과 바삭한 치킨 맛은 지금도 생생하게 떠올릴 수 있다. 지금 혼자 시켜 먹는 치킨도 나름대로 의미가 있지만, 그때만큼 특별하지는 않다. 그저 딱히 먹을 게 없어서 시켜 먹는 상황이 많기 때문일지도 모른다. 어쩌면 같이 먹을 친구와 가족이 없기 때문일 수도 있다.

식탁에서 일어나 남은 치킨을 치웠다. 박스와 쓰레기를 정리하고 나니 식탁 위에는 먹다 남은 치킨만이 덩그러니 남았다. 난 한참을 그 치킨을 바라보았다. 그 치킨이 왠지 너무 쓸쓸해 보여서. 혼자라서 생겨날 수밖에 없는 외로움의 조각들 같아서.

# #11 나의 첫 중고거래

　　　드디어 신형 맥북을 주문했다.

　지금 사용하고 맥북은 배터리도 얼마 가지 못하는 데다 매우 무겁다. 가장 불편한 건 잠자기 모드에서 깨어나기까지 꽤 오랜 시간이 걸린다는 점이다. 마치 아침마다 잠에서 깰 때의 내 모습을 보는 것 같다.

　체력이 떨어진 몸을 새로 살 수는 없지만, 다행히 노트북은 돈만 있으면 얼마든지 최신형으로 살 수 있다. 그 사실을 알면서도 그동안 쌓아온 정이 있어 성능이 떨어져도 쉽게 바꾸지 못했다. 물을 쏟아서 방향키 하나가 안 되긴 했지만, '느리지만 고장은 나지 않았다'는 핑계를 대면서 7년 넘게 사용해온 것이다. 미련해보일 수도 있지만 이렇게까지 한 데는 '첫 중고거래'라는 나름의 추억이 있기 때문이다. 그때가 아직도 생생하게 기억이 난다.

애플 컴퓨터를 갖고 싶은 마음에 맥북을 알아보는데 새 제품은 가격이 너무 부담되었다. 아는 형이 그럼 중고로 사라고 충고해주었다. 난 가끔 상상력이 지나쳐서 자꾸 중고 사기를 당하는 내 모습을 상상했다. 하지만 아는 형은 '직거래하면 괜찮다'고 말해주었다. 그래서 며칠을 인터넷 카페를 보다가 괜찮은 중고 제품이 올라와서 판매자에게 메시지를 보냈다. 그 사람도 서울에 살고 있어 빠르게 거래를 약속할 수 있었다.

금요일 퇴근 후, 판매자와 만나기로 한 강남역 카페로 나갔다. 노트북을 들고 나타난 남자는 30대 중후반으로 보였고 정장을 입고 있었다. 얼핏 상상 속에서 나를 속이던 사기꾼 같기도 했다.

그는 재무 설계사 일을 하고 있다고 했다. 난 재무 설계사가 무슨 일을 하는지 당시에는 잘 몰랐다(지금도 사실 자세히는 모른다). 그저 커피를 마시며 그의 말에 대답하고 웃었다. 그러다 그가 가방에서 노트북을 꺼냈다. 작년에 산 맥북인데 아무래도 맥은 자신의 업무에 사용하기 불편해서 판다고 했다.

난 노트북 성능과 잘 작동이 되는지 체크했다. 문제는 없어 보였다. 이제 돈만 그에게 주면 되는데, 당시 난 스마트폰으로 계좌이체를 하지 못했다. 왜인지 정확히 기억은 안 나지만 그랬다. 그래서 카페 바로 옆 은행에 가서 그의 계좌로 이체해주고 다시 돌아오기로 했다. 난 은행으로 가서 그에게 약속한 금액 100만 원을 보냈다. 보내고 나서 전표를 뽑는데 순간 뜨끔했다. 손에 땀이 쭉 났다. 아찔한 생각이 들었기 때문이다.

'그가 노트북을 들고 그대로 카페에서 사라졌으면 어쩌지?'

생각해보니 시세보다 좀 싸게 팔았던 것도 생각이 났다. 난 불안해졌다. 그래서 이체한 전표를 들고 전속력으로 카페를 향해 달렸다.


그는 그대로 자리에 앉아 커피를 마시고 있었다. 내가 거친 숨을 내쉬면서 다시 자리에 돌아오자, 그는 좀 놀란 눈치였다. 난 그에게 이체 완료한 전표를 건넸다. 그는 그것을 확인하고 웃으며 노트북을 건넸다. 쓰던 무선 마우스도 주겠다고 했다. 그제야 난 마음이 놓였다. 그리고 좀 미안해졌다. 그는 사기꾼은 아니었다. 오히려 좋은 사람에 가까울지도 모른다. 그저 내가 그를 상상 속에서 두려운 존재로 만들어버린 것이다.


그때 산 노트북으로 그림을 그려서 나는 일러스트레이터가 되었다. 자리를 잡은 뒤 아이맥을 사서 함께 사용하고 있지만, 첫 자리를 잡게 해준 건 이 노트북이었다. 이 노트북에 태블릿을 연결해서 꽤 많은 작업을 해냈다. 노트북이기 전에 나의 보물이었고, 늘 곁에 있어준 친구같이 느껴지기도 한다.

이제는 나이를 먹은 노트북이 되어버렸지만, 그 판매자 분에게 여전히 감사의 마음을 갖고 있다. 이 글을 읽을 리는 없겠지만 이렇게라도 감사의 마음을 전한다.

"덕분입니다!"

## 나의 첫 당근 거래

심심할 때 당근 마켓을 구경한다.
(시간 잘 감)

나의 첫 당근 거래는
'볼펜심' 이었다.

# #12 공포 영화에 대하여

요즘은 거의 매일 작업을 하고 있다. 코로나 때문에 더욱 그렇게 된 것 같다. 좀 쉬고 싶지만, 밖에 나가는 건 싫을 때, 그럴 때는 소설이나 영화, 드라마, 브이로그 영상 같은 것을 본다. 다른 세계를 보며 내 현실 세계를 잠시 잊는 것이다. 그러면 스트레스가 풀리는 것 같고 잡생각도 줄어드는 듯하다.

어제는 공포 영화를 한 편 보았다. 딱히 공포 영화를 즐겨 보자는 않는데, 평이 좋고 꽤 무섭다길래 '무서우면 얼마나 무섭겠어?'라는 생각으로 영화를 틀었다. 아리 에스터 감독의 〈유전〉이라는 영화였다. 공포 영화는 자고로 불을 다 끄고 봐야 하기에 침대에 누워 모든 조명을 껐다. 그러자 겨울이는 내가 잠을 자려는 줄 알았는지 발밑에 와서 자리를 잡았다. 그리고 이내 잠이 들었다.

영화 초반부는 전혀 무섭지 않았다. 귀신이 튀어나오는 것도 없었다. 근데 후반부로 갈수록 분위기가 고조되고 뭔가 튀어나올 것만 같은 긴장감 때문에 힘들었다. 하필 영화 배경이 가정집이라 컴컴한 내 방도 무서워지기 시작했다. 어느새 난 겨울이에게 다가가 같이 보자고 조르고 있었다. 겨울이는 잠에서 깨어나 나를 매우 한심하게 쳐다보았다. 근데 그 눈빛도 이상하게 무서워 보였다. 결국 조명을 환하게 켤 수밖에 없었다. 그제서야 무서움이 좀 사라졌다.

'<곡성>이 그냥 커피라면 이 영화는 T.O.P'

영화를 다 보고 영화평을 봤는데 이런 댓글이 있었다. 어찌나 공감이 되었는지! 난 왜 늦은 밤에 이런 영화를 보게 되었을까? 나도 모르게 매일 반복되는 생활에 스트레스를 받고 있던 걸까? 이런저런 생각을 하며 잠이 들었는데 꿈자리도 안 좋았다. 근데 아침에 일어나자 꿈 내용은 생각이 나질 않았다. 아침부터 창밖에 눈이 펑펑 내려 마음을 뺏긴 탓이지 싶다.

친구 중에 천사같이 착한 친구가 있다. 심지어 별명도 '엔젤유'다. 그런데 어쩐지 별명과는 어울리지 않게, 친구의 취미는 공포 영화를 보는 것이다. 거의 모든 공포 영화를 봤고, 봤던 걸 또 보기도 한다(엔젤유가 가장 좋아하는 공포 영화는 〈13일의 금요일〉이다). 엔젤유는 언젠가 내 자취방에 놀러 와서 〈텍사스 전기톱 살인사건〉이라는 영화를 틀어놓고 같이 보자고 하기도 했다.

나는 그 친구가 평소 싫은 소리도 안 하고 너무 착해서 스트레스를 많이 받다 보니 공포 영화의 세계에 빠져버린 건 아닐까 짐작한다. 다음에 엔젤유를 만나면 내가 용감하게 본 〈유전〉을 추천해주고 싶다.

사실 난 개인적으로 황당하거나 잔잔한 영화를 좋아하는 사람이다. 주성치나 이와이 슌지 감독의 영화 같은 것들 말이다. 어쩌다 최근에 꽤 자극적인 영화들을 찾아보고 있지만. 그 덕분에 알게 된 사실은 내가 공포 영화를 잘 보는 사람은 아니라는 점이다. 이제 어디 가서 공포 영화를 잘 본다고는 절대 말하지 못하겠다.

# 집사는 이상해

집사는 이상한 동물이다. 몸은 매끈하고 털이 없다. 심지어 이족 보행을 한다. 왜 이족 보행을 하는 걸까? 중심 잡기도 힘들고, 달리기도 느리고, 점프도 제대로 할 수 없을 텐데 말이다.

집사는 머리도 매우 안 좋은 게 분명하다. 왜냐하면 내 이름을 매번 바꿔서 부르기 때문이다. 분명 내 이름은 '겨울'이다. 왜냐하면 그 이름을 가장 많이 불러주니까. 처음에는 이 이름이 어쩐지 추운 느낌이 들어서 싫었지만, 지금은 좋아하게 됐다.

'겨울'은 생각해보면 멋진 계절이다. 어떤 면에서는 나를 닮았다. 참고로 난 추운 겨울 전기장판에서 잠드는 걸 좋아한다.

그건 그렇고 '겨울'이라는 이름 이외에 집사가 부르는 이름들을 적어본다. 귀요미, 바보, 빵꾸, 똥꼬, 세바스찬(이건 대체 무슨 뜻이야?), 겁쟁이, 사고뭉치 등이 있다. 그 외에 다른 이름들도 많지만, 지금은 생각나지 않는다. 이 정도면 그냥 날 대충 부르고 있는 게 아닐까 하는 생각까지 든다. 날 어떻게 부르든 크게 상관하지 않지만 한 가지로 통일해줬으면 좋겠다.

생활 패턴도 걱정이 된다. 그는 잠을 너무 조금 자는 것 같다. 잠은 자고로 하루에 3번은 자야 한다. 아침잠, 점심잠, 저녁잠. 왜 집사는 저녁잠만 자는 걸까? 걱정되어서 일하는 도중 자주 방해를 하기도 한다. 노트북 위에 올라가 잠든 척을 한 적도 있다. 그러자 집사는 나를 들어 바닥에 내려놓았다.

"냥!"

감히 날 들어 올리다니! 일 좀 그만하고 잠을 자야지. 그러다 쓰러지면 나는 어떡하라고! 그렇게 말해도 소용이 없었다.

나는 하루에도 몇 번씩 고개를 내밀어 그가 작업하는 모습을 확인한다. 그가 혹시 쓰러지지는 않았는지. 이렇게 걱정해주는 주인님이 있다는 걸 알아두라고 집사야.

먹는 것에도 문제가 있는 것 같다. 난 맛있는 사료랑 간식을 먹는다. 근데 집사는 정말 아무거나 먹는다.

내가 어릴 적, 그러니까 세상이 다 물음표로 보였을 때, 집사가 먹는 음식들의 냄새를 맡아보았다. 쌀밥, 야채, 소시지, 김치찌개, 피자, 족발, 달걀 프라이, 볶음밥 등등. 그런데 정말 별로였다. 어떻게 저런 음식을 먹고 살아가는 건지 모르겠다.

며칠 전에는 늦은 밤 누군가 현관문을 두드렸다. 난 그 소리를 듣고 침대 밑으로 숨었다. 절대 겁을 먹어서가 아니다. 그가 집안으로 들어와 우리를 공격한다면 목덜미를 물어 쓰러트릴 수 있는 용맹함이 나에게는 있다! 정말이라고!

집사는 아무런 의심조차 하지 않고 문을 열어주었다. 심지어 그의 발걸음은 가볍고 즐거워보였다. 마치 춤을 추는 것처럼. 그때 알았다. 그가 배달음식을 시켰다는 것을. 집사에게도 가끔은 맛있는 음식을 주는 또 다른 집사가 있는 것 같다.

밖에서 온 음식을 먹을 때 집사의 표정은 더욱 밝아보인다. 그는 식탁에 음식을 펼치고는 맥주와 함께 먹기 시작했다. 메뉴는 치킨이었다. 이런, 닭고기를 이렇게 기름에 튀기다니. "냥!" 내가 짜증을 내자 집사가 일어나 나에게 간식을 주고는 다시 식탁에 앉아 치킨과 맥주를 먹었다.

그렇다. 바로 맥주! 사실 가장 이해되지 않는 건 집사가 저 노란 맥주라는 걸 마시는 것이다. 집사는 술을 먹으면 아주 말이 많아진다. 그건 아주 귀찮은 일이다. 내 앞에 다가와 쭈그려 앉

아서는 알 수 없는 이야기를 한참 떠들어댄다. 그럴 때면 난 눈을 감고 잠든 척한다. 하지만 집사는 지치지 않고 말한다. 평소에는 조용하지만, 술을 마시면 왜 말이 많아지는 걸까. 저 노란 음료는 어쩌면 말이 많아지는 마법의 약일지도 모른다. 술을 마신 다음 날 집사의 표정은 좀 밝아져 있다. 분명 내가 어제 많은 이야기를 들어줬기 때문일 것이다.

그 외에 내가 집사를 이해할 수 없는 것들이 수없이 많다. 너무나도 다르고 이해할 수 없지만 난 집사가 싫지 않다. 그가 외출하고 집에 혼자 남아있으면 그가 너무 보고 싶다. 그땐 꿈속으로 그를 보러 간다. 그의 온기가 남아있는 의자 위로 올라가 깊은 잠을 청한다. 이 꿈에서 깨면 현관문을 열고 집사가 돌아오길 바라면서.

# 3장

# #01 고양이 이름 짓기

 "고양이 이름이 뭐예요?"

"겨울입니다."

처음 만난 출판사 편집자님에게 열심히 핸드폰을 내밀어 고양이 자랑을 했다. 어쩌다 내가 이렇게 되었는지 모르겠다. 고양이 이야기만 나오면 입이 귀에 걸려서 열심히 고양이 자랑을 한다. 친구들은 딸 바보나 아들 바보가 되었지만, 난 고양이 바보가 되었다. 편집자님은 왜 이름을 '겨울'로 지었냐고 물었다.

"제가 계절 중에 겨울을 좋아해서요."

겨울이 참 이쁜 계절이라고 처음으로 느낀 때가 있었다. 그때 느낌이 꽤 강렬해서 아직도 생생하게 기억이 난다.

고등학교 겨울방학 때였다. 친구와 동네에 있는 한 허름한 헬스장을 다녔다. 저녁을 각자 먹고 만나 한 시간 정도 운동을 했다. 아니 운동이라기보다는 러닝머신 위에서 잡담하거나 티브이를 보는 것에 가까웠다. 운동이 끝나면 밤이었지만 집에서 그리 멀지 않았기에 문제 될 건 없었다.

어느 날은 헬스장에서 운동을 하다 창밖을 봤는데 눈이 내리고 있었다. 이미 바닥에도 꽤 쌓인 상태였다. 운동을 마치고 친구와 헬스장 앞에서 헤어졌다. 인사하는 도중에도 친구의 머리에는 눈이 비듬처럼 쌓여서 서로 깔깔거리며 인사했다. 그날은 뛰어서 갈 수가 없어 조심조심 걸었다.

걷다가 밝은 가로등 아래에서 눈이 내리는 것을 올려다보았다. 가로등 불빛 아래 함박눈이 더욱 선명하게 보였다. 마법사의 지팡이에서 눈이 천천히 뿌려지는 것 같았다. 집에 가는 걸 잊은 채 내리는 눈을 한참 바라보았다. 꿈을 꾸는 것처럼 아름다웠다. 그때 난 겨울이 아름다운 계절이라고 느꼈다. 그렇게 겨울이란 계절을 좋아하게 됐다.

사람들을 만나면 '어떤 계절을 좋아해?'라고 물어보고는 했다. 나와 같이 겨울을 좋아하는 사람을 찾고 싶었는지도 모른다. 하지만 내 주변에는 겨울을 좋아하는 사람이 거의 없었다. "추운 건 정말 질색이야." "눈이 내리면 길만 미끄럽잖아."라는 말만 돌아올 뿐이었다.

내 머릿속에 계절의 요정이 있다면, 겨울에 일하는 요정은 성실한 게 분명했다. 그는 아주 세세한 것까지 생생하게 기억해 둔다.

눈 내리는 풍경, 쌓인 눈을 얹고 달리는 거리의 차들, 차가운 공기, 빨개진 코, 움츠린 사람들의 몸, 얼어붙은 손, 넘어지지 않으려는 사람들의 걸음걸이까지도.

반면 나머지 봄, 여름, 가을의 요정들은 그저 대충대충 일하는 느낌이 든다.


고양이의 이름을 겨울로 지은 것도 어쩌면 내 마음속 겨울 요정이 시켜서인지도 모른다. 그래서인지 겨울이를 부를 때마다 내 마음속 겨울 요정도 같이 눈을 뜨는 느낌이다. 마치 내가 고등학생 때 가로등 아래에서 내리는 눈을 아름답게 바라본 것처럼. 이제는 겨울 요정과 나, 겨울이 이렇게 셋이 겨울의 풍경을 함께 바라보게 되었다.


오늘도 겨울이는 내가 자는 사이 이불 속으로 파고 들어왔다. 언제 왔는지 모르게 늘 옆에 있다. 내 팔을 베개삼아 자고 있는 귀여운 녀석. 내가 움직이면 겨울이가 분명 잠에서 깨어날 것이다. 그러면 왠지 난 나쁜 사람이 될 것만 같아 한참을 겨울이가 자는 모습을 바라본다. 속으로 사랑을 고백하면서.

'귀여운 겨울이!'


이제 날씨가 쌀쌀해졌다. 바람도 제법 날카롭고 눈이 올 것만 같은 하늘로 변하고 있다. 겨울이 오는 것이다. 나는 기쁜 마음으로 겨울이에게 작은 목소리로 말한다.


"겨울아, 겨울이 오고 있어."

# #02 변해버린 겨울이

  미팅을 마치고 집에 왔다. 도어락 비밀번호를 누르면서 겨울이를 떠올렸다. 문을 여는 순간 현관문 앞에서 나를 향해 '야옹' 하면서 울고 다리에 얼굴을 비벼댈 겨울이를 말이다. 하지만 겨울이는 보이지 않았다. 나는 신발을 벗으며 두리번 겨울이를 찾았다. 겨울이는 내 작업실 의자 위에서 반쯤 감긴 눈으로 나를 보고 있었다. '아 역시 너였군.' 하는 눈빛으로. 그리고 이내 다시 눈을 감아버렸다. 난 왠지 서운해져서 겨울이에게 다가가 말했다.

"너 변했어!"

겨울이는 귀를 조금 쫑긋거릴 뿐, 그대로 잠을 잤다.

과거에 겨울이는 그러지 않았다. 내가 잠시 외출하고 돌아와도 문 앞에서 나를 반겨주었다. 내 다리에 몸을 비비고 냥냥냥 울어댔다. 집에 돌아오면 '나를 반겨주는 존재'가 있다는 게 이런 몽글몽글하는 기분이구나'라는 걸 느끼게 해주었다. 그럴 때는 찬장 속 모든 간식을 꺼내주고 싶을 정도로 좋았다. 하지만 요즘은 내가 좀 오래 외출하고 와도 본체만체하는 것이다.

요즘 겨울이의 변화에 여러 가지 생각이 든다. 왜일까? 그건 슬픔의 직감 같은 게 아닐까. 눈에 보이질 않을 정도로 뛰어다니던 고양이가 이제는 어슬렁어슬렁 뛰어다니고, 축 처진 뱃살이 걸을 때마다 흔들리고, 내가 신발만 신으면 애처로운 눈빛으로 쳐다보았는데, 이제는 나와보지도 않는다. 이런 모습을 보면 시간이 유한하다는 사실이 새삼스럽게 와닿는다. 그런 아쉬운 마음에 고양이 앞으로 다가가 말하게 된다. '너, 변했어'라고.

그 말은 마치 '더 변하지 말아 줘'라는 뜻일지도 모르겠다. 우리 이대로 영원했으면 좋겠다. 하지만 알고 있다. 우리의 시간이 무한하지 않다는 것을. 이런 생각만으로도 벌써 슬퍼져서 눈물이 나올 것 같다. 엉엉. 제발 오래오래 건강했으면 좋겠다. 원래 집사가 되면 이런 마음이 생기는 걸까?

그러고 보면 나도 겨울이와 살면서 많이 변했다. 오랜 친구들은 그런 나를 보며 걱정하곤 한다. 어느 날 오랜 고등학교 친

겨울아~
나왔어~

너...
변했어...

??

구가 우리 집에 놀러 왔다. 나와 겨울이는 오랜만에 만난 친구를 반겨주었다. 하지만 친구는 왠지 걱정스러운 눈빛으로 집을 둘러보았다. 티브이도 없고, 심심하게 노란 조명만 켜놓은 집 안을 보고 그는 말했다.

"주노야, 너 집에만 너무 있지 마. 친구들도 좀 만나고."

마치 엄마의 잔소리 같아서 웃음이 터져 나왔다. 맞다, 친구가 걱정할 만큼 나는 심한 집돌이가 되었다. 고양이를 키우기 전에는 고향에도 종종 가고 친구들도 만나고 혼자 여행도 다녔다.

하지만 이제는 아니다. 잠시라도 집을 비우면 겨울이가 생각난다. 머릿속에 사는 또 다른 겨울이가 집에 오라고 냥냥, 운다. 그래서 외출을 잘 하지 않는다. 하더라도 1박2일을 넘기려 하지 않는다.


또 다른 변화도 있다. 고양이를 키우기 전에는 '길고양이네' 하며 지나가는 정도였는데, 지금은 '우와 고양이야!' 하는 감탄이 나오고 기분이 몹시 좋아진다. 마치 길에서 연예인을 만난 것 같은 느낌이다. 실제로 길거리에 연예인이 있고, 그 옆에 고양이가 지나가고 있으면, 나는 고양이에게 달려갈지도 모른다.

심지어 요즘은 고양이가 마치 신적인 존재같다. 길고양이를 매일 볼 수 있는 건 아니라서 그런지, 우연히 길고양이를 만나면 분명 곧 좋은 일이 생길 거라는 생각까지 하게 되었다. 이건 내가 생각해도 좀 이상해서 남에게 말하지는 않았다. 그저 혼자 그렇게 생각하고 좋아할 뿐이다.

나도 내가 이렇게 변했다는 사실이 놀랍다. 겨울이가 나를 정말 많이 변화시켰다. 이 말은 겨울이도 나로 인해 많은 변화를 겪었다는 말로도 바꿀 수 있을 것이다. 생김새도 다르고 말도 통하지 않지만, 서로를 변화시키는 존재. 우린 서로에게 그런 존재다. 난 이런 변화가 좋은데 겨울이는 어떻게 생각할지 궁금하다.

# #03 빠른 것 중 가장 싫어하는 것

나는 빠른 걸 좋아하지 않는다. 누군가 내게 "빨리 결정해!"라고 윽박지른다면 나는 부담스러워서 "아, 미안!" 하고 그 자리에서 도망칠지도 모른다. 빠른 걸 싫어하는 이유는 실수가 잦아지기 때문이다. 시간이라도 넉넉하면 여러 번 생각해서 실수를 줄여나갈 수 있지만, 무조건 빠르게 처리하라고 하면 가슴이 뛰어 좀처럼 침착하기가 어렵다.

어느 날 한 통의 외주 의뢰 메일을 받았다. 조건은 다 좋았지만, 마감 일정이 너무나 급했다. 이런 메일을 받으면 난 고민에 빠진다. 해야 하나 말아야 하나. 일정이 급하니 빠르게 답장을 드려야 하는 것도 알고 있었다. 일이 뜸한 상태니 일단 시도해보자는 마음도 들었지만, 일정이 급할수록 내가 스트레스를 받는다는 걸 알기 때문에 걱정이 되었다. 빨리 결과물을 만들어내는 건 그만큼 몇 배는 더 집중력이 필요한 일이니까. 결국 난 정중하게 거절 메일을 보냈다.

운전도 별로 좋아하지 않는다. 나는 대학교 때부터 나름 운전을 하고 다녔고, 첫 직장도 차로 출퇴근을 했다. 어느 날 아침, 거래처에 들러서 미팅하고 급하게 회사로 복귀하던 도중 사고가 났다. 우회전을 하는데 트럭이 뒤에서 내 뒤 범퍼를 받아버렸다. 차는 2번 정도 회전을 했고, 도랑 앞에서 멈췄다. 다행히 몸에는 큰 충격이 없었다. 도로에는 타이어가 끌린 자국이 선명하게 남아있었다. 트럭이 안전거리를 확보하지 않은 것도 있었지만, 급하게 회사에 가겠다는 마음에 깜빡이 켜는 걸 잊은 나도 문제였다. 결국 회사에 전화해 자초지종을 설명했다. 그 사고가 계기가 되어 이후로는 쭉 뚜벅이로 지내고 있다. 몸이 좀 피곤하지만 그래도 마음은 편안하다.

사실 빠른 처리, 빠른 속도보다 싫은 게 있다. 바로 고양이의 수명이다. 얼마 전 빨래를 널다가 방문에 붙어있는 사진에 눈길이 갔다. 겨울이의 어린 시절, 그러니까 내 방을 난장판으로 만들던 아주 귀여운 시절의 사진이었다. 그 사진을 보고 있으면 기분이 좋아서 인화해서 침실 방문에 붙여놓았던 것인데, 한동안

잊고 있다가 문득 그 사진을 보니 다른 고양이 같기도 했다. 지금의 겨울이는 살도 쪘고 잠잘 때 얼굴은 왠지 할아버지 같기도 하다. 그래도 귀엽지만. 손바닥만 했던 시절이 까마득하다. 주변에서 어릴 때 사진을 많이 찍어놓으라고 한 이유를 이제 알 것 같다.

겨울이의 시간은 정말 빠르게 흐른다. 종종 겨울이 나이를 사람 나이로 계산해본다. 믿고 싶지 않지만, 고양이는 태어난 지 2년이 되면 사람 나이로 24살 정도가 된단다. 이후에는 1년 마다 4를 더하면 된다고 한다. 겨울이는 5년의 생일을 넘겼으니 사람 나이로 계산하면 36살 정도가 된다. 나랑 거의 동갑이다! 내 눈에는 아직도 그저 어린 고양이 같지만 말이다.

종종 잠든 겨울이를 보면서 앞으로 우리가 얼마나 같이 지낼 수 있을지 생각해본다. 그러다 보면 이내 슬퍼진다. 아무리 생각해도 고양이의 시간은 너무나도 빠르다.

# #04 잠들고 싶지 않은 밤

정해진 일을 마무리했지만, 왠지 침대로 들어가기 싫은 날이 있다. 이렇게 잠들기엔 무언가 부족한 기분. 그럴때는 맥주 한 캔을 자동적으로 떠올린다. 나는 술이 엄청나게 세지도 않고, 그렇다고 아예 못 먹지도 않는다. 주량은 소주 1병 정도다. 20대 때는 2병 넘게도 마셨지만, 점점 술이 약해지는 느낌이 든다. 요즘은 맥주 한 캔 정도가 딱 좋다. 부담도 없고 적당히 취한 느낌도 든다. 다음 날 스케줄에도 지장이 없다.

오늘도 그런 밤이다. 마침 베란다에 맥주 한 캔이 남아있는 게 생각났다. 왜 베란다에 맥주 같은 걸 두었느냐면, 냉장고가 작기 때문이다. 큰 냉장고를 갖고 싶지만, 혼자 살기 때문에 큰 가전은 좀 부담스럽다. 아무튼 지금처럼 겨울에는 베란다가 좋은 냉장고 역할을 한다. 맥주를 집으니 얼음 조각처럼 차다. 싫

지 않은 차가움이다. 맥주는 자고로 차가워야 하니까. 오늘 출전
시킬 선수를 선발하는 감독처럼 주방 찬장에서 유리컵을 고르
고, 견과류와 과자도 꺼냈다. 이걸로 모든 준비가 끝났다. 마지
막으로 태블릿으로 넷플릭스까지 틀면 더할 나위 없는 행복한
밤이 된다.

　　맥주를 마시고 있는데 겨울이가 어느새 다가와 맞은 편 의자
에서 가만히 나를 바라보았다. 겨울이도 왠지 오늘 하루를 이렇
게 보내기 싫은 듯한 표정이었다. 마시고 있는 맥주를 나눠주고
싶지만 그럴 수는 없으니 미안한 마음으로 혼자 홀짝거렸다. 겨
울이가 이렇게 맛있는 맥주를 먹지 못하는 게 안타깝다. 그리고
겨울이도 사람처럼 되면 좋겠다고 생각했다. 장화 신은 고양이
처럼 두 발로 걸어 다니고, 사람 음식을 먹으면 좋겠다고.

　　내가 아는 맛집의 음식을 사이좋게 나눠 먹고, 후식으로 딸
기가 올라간 조각 케이크도 함께 먹으면 좋겠다. 딸기도 양보할
수 있는데! 또 밤에 출출할 때 치킨을 시켜서 사이좋게 닭 다리
하나씩 뜯으며 맥주를 마시면 얼마나 좋을까.

　　이런 상상을 자주 하게 된다. 혼자 맥주를 마셔서 외롭거나
쓸쓸한 건 아니다. 그저 겨울이와 그런 즐거움을 나누고 싶은 마
음이 드는 것뿐이다.

하지만 겨울이가 사람의 말까지 하지는 않았으면 좋겠다. 왠지 곤란한 일이 많이 생길 것 같기 때문이다. 발톱을 깎을 때나 빗질을 할 때 욕을 할지도 모르고, 이마에 뽀뽀하면 싫다고 따질지도 모르니까.

곧 겨울이는 사람 나이로 나보다 어른이 된다. 이제까지 내 자식처럼 생각했는데 곧 나보다 나이가 많아지는 것이다. 나이가 많아지면 정중하게 존댓말을 써줘야 할지, 아니면 그대로 반말을 해야 할지 난감해질 것 같다.

이렇게 혼자 밤에 맥주를 마시며 이런저런 생각을 하다 보면 나도 제법 어른이 된 것 같고 어른의 삶도 나름 즐겁다는 느낌이 든다. 어릴 때는 알 수 없었던 어른들의 소소한 행복 같은 걸 알게 되었달까. 겨울이도 어른 고양이가 되었으니 전보다 더 많은 행복을 알게 되었겠지?

# #05 겁쟁이 콤비

삽화 작업은 책을 모두 읽은 후에 시작한다. 그래서 정말 내가 관심이 없는 내용이라도 읽어야 할 때가 있다. 물론 꽤 흥미로운 내용도 있지만 말이다.

최근에는 조금 독특한 심리학 책 작업을 했는데, 그 책에 '얼굴이 큰 고양이일수록 힘이 세다'는 내용이 있었다. 그러고 보니 맞는 말 같기도 하다. 우리 겨울이는 얼굴이 작고 몸은 크다. 그래서인지 매우 겁쟁이다.

겨울이는 낯선 사람이 집 안으로 들어오면 눈 깜짝할 새에 침대 밑으로 숨어버린다. 최근에 화장실에서 누수가 발생해 기사님이 오셨는데, 겨울이는 침대 밑으로 가 죽은 듯이 있었다. 난 겨울이가 걱정돼서 방문을 닫아주었지만, 그래도 침대 밑에서 나올 생각은 없어 보였다. 수리 기사님이 고양이 화장실을 보고는 "고양이 키우세요?"라고 물어보셨다. "네. 한 마리요."라고 답했다. 알고 보니 기사님도 고양이를 키우고 있었다. 기사님은 "아, 귀엽겠다."라고 혼잣말을 하며 주위를 두리번거렸는데, 겨울이를 한번 보고 싶어 하는 듯한 눈치였다. 하지만 안타깝게도 수리가 끝날 때까지 겨울이 얼굴은커녕 꼬리조차 보지 못했다. 아저씨가 숨어있는 고양이를 억지로 찾지 않으셔서 감사했다. 애묘인 만세!

사실 겨울이는 어릴 때부터 겁이 많지는 않았다. 오히려 어릴 때는 겁도 없고 사고도 많이 치는 발랄한 고양이였다. 호기심도 많아서 내가 현관문을 열고 외출하려고 하면 밖으로 튀어나가려고도 했다. 근데 성묘가 되었을 무렵 발정기가 왔고, 나는 겨울이의 중성화 수술을 결정했다.

겨울이를 이동 가방에 넣고 동네 동물 병원에 데려다주었다. 병원에서는 다음날 오전에 데리러 오라고 했다. 그날 밤, 불을 끄고 누웠는데 '우다다'를 하는 고양이가 없으니 몹시 허전했다. 뭔가 잃어버린 기분마저 들었다.

수술을 잘 마친 겨울이는 집에 와서 빠르게 회복했다. 밥도 잘 먹고 다시 뛰어다녔다. 근데 이상하게 더 이상 밖으로 튀어나가려 하지 않았다. 현관문으로 나가면 무서운 세계가 있다는 걸

알아버렸나? 아무튼 그 후로 먹는 걸 좋아하게 되었으며 몸은 계속 자라나 지금의 얼굴 작은 겁쟁이 고양이가 되었다.

생각해보면 나도 점점 겁쟁이가 되어가는 느낌이 든다. 낯선 사람을 보면 침대 밑으로 숨어버리는 겨울이처럼 나도 숨어버리고 싶을 때가 많다. 업체에서 미팅하자고 하면 최대한 비대면을 요청한다. 요즘은 전화도 좀 불편해져서 되도록 메일이나 문자를 선호하게 되었다. 치과는 여전히 무섭고, 컨디션이 좋지 않으면 큰 병이 아닐까 걱정부터 한다. 침대 밑으로 숨어버리는 겨울이를 보면 마음이 찡해지는 이유도 아마 나와 닮아서일지도 모르겠다.

하지만 나는 겨울이와 다르게 얼굴이 큰 편이다. 어릴 때는 머리가 크다고 놀림을 당하기도 했고, 어머니는 얼굴이 크고 우량아였던 나를 낳느라 죽을 뻔했다고 자주 말씀하셨다. 인간은 얼굴이 커도 겁쟁이가 되나 보다. 내가 고양이였다면 인기도 많고 싸움도 잘하는 아주 거친 고양이였을 렌데.

## #06 귀엽다는 말

어쩐지 민망한 이야기지만, 살면서 귀엽다는 이야기를 종종 들어보았다. 물론 여자들에게 말이다. 교제하던 여자친구에게도 들어봤고, 지인에게도 들어봤다. 그들은 칭찬이었을 테지만 그다지 기쁘지는 않았다. '잘생겼다'라거나 '멋지다'라는 말과는 어쩐지 다른 느낌이었다. 왜 그런 말을 해주는 사람은 이제껏 없던 걸까.

그런데 겨울이와 지내면서 나도 '귀엽다'는 말을 많이 하게 되었다. 하루에도 수십 번 겨울이를 보고 귀엽다고 말한다. 마치 정해진 답을 말하는 AI 로봇처럼. 내 앞에 겨울이가 있으면 자동으로 튀어나온다.

"귀여워, 귀여워, 귀여워!"

공손히 모은 앞발.

자다 깨서 넋 놓고 있는 뒤통수.

내 다리 사이로 들어와 빙그르르 도는 행동.

오독오독 사료 씹어 먹는 소리.

장난감을 흔들면 진지하게 변하는 눈빛.

흐르는 물을 마시느라 젖어버린 한쪽 볼.


"아, 정말 귀엽다."


겨울이는 어릴 때부터 귀여웠다. 겨울이와 만나게 된 것도 사실은 그 귀여움 때문이다.

인터넷 카페에 올라온 고양이 입양에 관한 글을 보았는데 며칠째 머릿속에서 사라지지 않는 것이다. 마치 짝사랑하는 사람을 떠올리는 것처럼 잠들기 전에도 그 어린 고양이가 머릿속에서 '야옹' 하고 울었다. 결국 나는 고양이를 실제로 만나고 싶다는 생각에 글을 올린 분에게 연락했다.


한 가정집 안으로 들어가니 새끼고양이 한 마리가 내게 다가왔고, 또 한 마리는 침대 밑으로 후다닥 숨어버렸다. 침대 밑으로 숨어버린 고양이가 겨울이었다(그때는 다른 이름을 가지고 있었다). 그렇게 그날은 겨울이의 얼굴만 잠시 보고 집으로 왔다. 며칠을 고민했지만, 겨울이 얼굴이 자꾸 아른거려서 결국 데려왔다. 나의 자취방으로 온 겨울이는 예상외로 숨지 않고 '냥냥'거리며 돌아다녔다. 그랬던 겨울이가 3개월 만에 성묘가 되었다. 몸은 5배 정도 커진 것 같은데 얼굴은 어릴 때 그대로다. 요즘은 뱃살이 축 처졌는데, 달릴 때 보면 그 뱃살이 좌우로 흔들린다. 그것마저도 너무나 귀엽다.

'귀여운 건 정말 위대한 거구나.'
겨울이와 지내면서 이 사실을 깨달았다. 귀여운 건 매일 봐도 귀엽고, 그래서 자꾸 귀엽다고 소리 내 말하고 싶은 거구나. 이제껏 들어왔던 '귀엽다'라는 말이 엄청난 칭찬이었다는 것을 겨울이가 가르쳐준 셈이다.

난 이제 전혀 귀엽지 않은 나이가 되었다. 어쩌다 이렇게 나이를 먹어버린 걸까. 내가 20대 때, 지금의 내 나이 정도 된 사람들을 엄청난 어른이라고 생각했다. 그러나 막상 내가 그 나이가 되니 그렇지도 않은 것 같다. 달라진 건 얼굴에 생긴 주름과 예전 같지 않은 체력 정도일까. 한 가지 분명한 건 이제 '귀엽다'는 말을 듣기 힘든 나이가 되었다는 사실이다.

하지만 6살이 된, 사람 나이로 나와 비슷한 나이가 된 겨울이는 여전히 귀엽다. 대단한 고양이다! 요즘은 그 대단함을 알아주는 집사가 돼야겠다고 생각하고 있다. 그래서 하루에도 몇 번씩 겨울이에게 다가가 열심히 '귀엽다'고 말해준다. 근데 겨울이는 내가 "귀여워!"라고 말하면 고개를 휙 돌린다. '흥! 알고 있다고!'라는 느낌으로.

"어이, 귀엽다는 말은 최고의 칭찬이라고!"

# 내가 생각하는 귀여운 것들

에어팟

고양이 발

고양이 (최고!)

오픈 토스트 위 달걀

티 코스터

나무 숟가락

팬분이 만들어주신
종이 인형

한라봉

나무 입간판

아보카도

오리 장난감

케이크 위 딸기

눈사람

미어캣

# #07 겨울이의 발

작업실에서 열심히 일하고 있는데 어느새 겨울이가 옆에 와있다. 그리고 스프링처럼 점프해서 책상으로 뛰어올라왔다. 난 펼치고 있던 노트와 볼펜들을 정리하고 겨울이의 자리를 서둘러 만든다. 겨울이는 내가 만들어준 자리에 앉아서 내가 작업하는 것을 한참 바라본다. 마치 감독관처럼. 그러다 지루해졌는지 꾸벅꾸벅 졸기 시작한다. 참 성의 없는 감독관이다. 그래도 방해는 하지 않으니 다행이다. 그런데 자꾸 겨울이의 발에 시선이 간다. 공손하게 모은 두 발이 귀여워서 자꾸 보게 된다. 일하다가 말고 겨울이 발을 보고 히죽히죽 웃는다.

난 겨울이의 발을 좋아한다. 그것도 앞으로 가지런하게 모으고 있을 때의 발을. 그 발을 보고 있으면 세상의 행복이 그 안에 담겨있는 듯한 느낌마저 든다. 평소에는 그저 바라보기만 하지만 어느 날은 조심스럽게 만져보기도 한다. 스윽스윽. 한여름 뭉게구름이 연상되는 보드라움이다. 중요한 건 겨울이가 잘 때 만져야 한다는 것이다. 깨어 있을 때 만지면 손을 확 물어버릴 수도 있기 때문이다. 겨울이는 발 만지는 걸 별로 좋아하지 않는다. 사실 난 물려도 발만 만질 수 있다면 만족한다.

이상하게 들릴 수 있겠지만, 나는 고양이 발 냄새를 맡는 것도 좋아한다. 애묘인들은 공감할 것이다. 이것도 물론 겨울이가 깨어있을 때 하면 안 된다. 무방비 상태일 때 시도해야 한다. 아주 깊게 잠들어 있는 겨울이의 발을 조심스럽게 들어, 내 코로 가져간다. 그리고 킁킁 냄새를 맡아본다. 그럼 갓 구운 옥수수 냄새, 아기 살결 냄새 같은 재미있는 냄새가 난다. 꽤 중독성이 강한 냄새다.

겨울이와 하루종일 지내다 보니 내 그림에도 겨울이가 자주 등장한다. 난 사실 고양이 그리는 걸 힘들어했다. 강아지는 쉽게 그렸는데 고양이만큼은 어려웠다. 그러나 자주 그리디 보니 이제는 능숙하게 그릴 줄 알게 되었다. 그래서 고양이가 꼭 등장하지 않아도 되는 그림에 괜히 고양이를 그려 넣는다. 그리고 그림에서도 고양이의 발을 그릴 때 깊은 희열을 느낀다. 발을 그리는

에잇!

으악!
(그래도 좋음)

순간 겨울이의 솜뭉치가 아주 생생하게 떠오르기 때문이다. 이건 정말 행복한 일이다. 그림을 그릴 때도 그 좋아하는 발이 떠올라 내 마음을 간지럽게 하다니. 역시 좋아하는 건 생각해도 좋고, 그리면 더 좋다.

요즘은 겨울이 발 위에서 낮잠을 자고 싶다는 상상을 종종 한다. 겨울이가 앞발을 모으고 있을 때, 내가 난쟁이처럼 작아져서 그의 폭신한 발 위에 올라가 한 시간 정도 깊은 잠에 빠지고 싶다. 세상의 모든 걱정과 슬픔을 잊고. 분명 행복한 꿈을 꿀 것이다. 한창 자고 있는데 겨울이가 휙 달아나버릴지도 모르지만.

# #08 싱글 침대와 겨울이

이사를 오면서 싱글 침대를 샀다. 직접 매트리스를 고르고 침대 프레임도 마음에 드는 것을 따로 구입해서 만든 침대다. 서울에 올라와서 처음 갖는 침대였다.

첫 자취방에는 집이 좁아서 침대가 들어갈 수 없었기에 땅바닥에 이불을 깔고 잤고, 두 번째 자취방에는 침대 살 돈을 아끼느라 전 사람이 놓고 간 소파 침대(접으면 소파가 된다)에서 잤다. 근데 그 소파 침대가 오래돼서 점점 스프링이 푹 꺼졌다. 그래서 결국 바닥에서 잤다. 바닥에서 자니 피로도 잘 안 풀리는 느낌이었고 허리도 아팠다. 그래서 이사를 하면 먼저 침대를 하나 사자고 다짐했다. 그렇게 이번 자취방에는 그 소원을 이뤘다.

나도 침대를 좋아하지만 겨울이는 더 좋아한다. 겨울이는 푹신한 곳은 귀신같이 찾아서 잠을 자는데, 가장 많은 선택을 받는 것이 바로 침대다. 우린 낮이고 밤이고 매일 그곳에서 사이좋게 잠을 잔다. 싱글 사이즈의 침대라 그다지 넓지는 않지만 말이다. 난 침대 위에서 영화도 자주 본다. 가벼운 접이식 테이블을 침대에 올려서 이불 속으로 들어가 영화나 애니메이션을 감상한다. 그럴 때면 겨울이는 슬그머니 다가와 접이식 테이블 밑으로 들어가 자리를 잡는다. 마치 알을 품으려는 닭처럼 신중하게. 그러고는 이내 깊은 잠에 빠져든다. 난 그게 너무 귀여워서 영화를 보다가 몇 번이고 고개를 숙여 겨울이를 본다.

그렇게 영화를 한참 보는데 나도 잠이 오기 시작했다. 눈꺼풀이 무거워서 영화에 집중할 수가 없었다. 조심스럽게 접이식 테이블을 들어서 침대 밑으로 내리고, 이불 속으로 들어갔다. 겨울이가 침대 중앙쯤에 자고 있었으므로 난 한쪽 다리를 플라밍고처럼 접어야 했다. 그리고 방안 조명을 껐다. 접은 다리 쪽에 겨울이가 자고 있다고 생각하니 왠지 테트리스 같기도 했다. 그런 생각을 하다 나도 깊은 잠에 빠져들었다.

눈을 뜨니 옆에 겨울이 얼굴이 보였다. 내 발밑에서 자던 겨울이가 어느새 내 얼굴 쪽에 와서 잠을 자고 있던 것이다. 접고 잤던 내 다리는 펴져있었고, 시간은 이른 아침이었다. 왠지 다시

보이지 않는 편안함
테트리스 침대~

잠이 오지 않아서 한참을 내 옆에 잠든 겨울이를 바라봤다.

　문득 생각했다. 우리는 보이지 않게 배려하고 있었는지도 모른다고. 나는 다리를 접고, 겨울이는 내가 잠든 사이에 좋아하는 자리를 양보한 것처럼 말이다. 사실은 잠결에 겨울이 자리를 내가 침범했을 수도 있고, 겨울이는 짜증을 내며 자리를 옮겼을 수도 있는데. 내 마음대로 아름답게 생각해버렸다.


　내 옆에서 곤히 잠든 겨울이를 꼭 껴안아주고 싶어졌다. 하지만 잠에서 깨어날지 모르니 참고 그냥 바라만 봤다.

　'고마워, 우리 앞으로도 잘 지내자.'

　나는 보이지 않는 메시지를 써서 겨울이의 꿈속으로 보냈다. 메시지를 받은 걸까? 겨울이가 깨어나서 냥냥, 하고 울었다.

# #09 내 단점도 좋아해주는 고양이

나는 자신을 장점보다 단점이 많은 사람이라고 생각한다. 체력도 안 좋고 자주 아프며, 인간관계도 그리 좋지 못하다. 귀차니즘도 심하고 예민하기까지 하다. 이렇게 적다 보니 36년 동안 이 험난한 세상을 어떻게 살아왔을까 싶다. 좀 대견하기까지 하다. 그래도 내 곁에는 아직 자주 연락하지 않아도 나를 이해해주는 좋은 친구들이 남아있다. 정말 다행이다. 요즘은 채소도 많이 먹으며 건강을 위해 운동도 매일 하고 있다. 그리고 나의 단점을 별로 신경 쓰지 않는 고양이가 곁에 있다. 아니 그 고양이는 어쩌면 내 단점을 좋아하는지도 모른다.

자고 일어나면 바로 이불 정리를 하는 사람도 있다지만 나에게는 무리다. 눈을 뜨고도 한참 멍하게 있다가 겨우 침대에서 빠져나온다. 창문을 열고 겨울이에게 사료를 준 후 간단히 아침을 먹는다. 그러고 나서 보이차를 한 잔 마신 뒤 작업에 임한다. 매일의 루틴이다. 겨울이는 내가 준 아침을 먹고 물도 먹고 다시 침실로 간다. 그리고 침대에 자리를 잡고 잔다. 겨울이에게는 잠이 일인 것 같기도 하다. 난 일을 하다가 종종 침실로 가서 고개를 조금 내밀고 겨울이가 자는 모습을 본다. 곤히 자는 겨울이를 보면 왠지 힘이 나기 때문이다.

어느 날은 정리하지 않은 채로 둔, 동굴처럼 구멍이 나있는 이불 속에 겨울이가 쏙 들어가 잠들어 있는 게 아닌가! 마치 새가 둥지에 들어가 몸을 숨긴 것처럼. 그게 너무 귀엽고 웃겨서 하하하, 소리 내 웃을 수밖에 없었다. 겨울이는 내 웃음소리에 눈을 살짝 떠 나를 보았지만, 그 속에서 나올 생각은 없어보였다. 자신의 집처럼 여기는 것 같았다. 그날은 이불을 정리하지 않은 나를 칭찬했다. 아침부터 귀여운 광경을 보았으니 말이다.


내게는 귀차니즘 스위치가 있는 게 분명하다. 머릿속 어딘가에 있는 그 스위치가 딱 켜지면 모든 게 귀찮아진다. 아침에 이불을 그대로 내버려두는 것도 스위치가 켜진 탓이라고 말하고 싶다. 물론 이불 정리에 한정된 이야기는 아니다. 최강 추위가 온 어느 날, 집에서도 외투를 입다 샤워를 하고 싶어 의자에 벗어놓았다. 샤워하고 나오니 외투를 입지 않아도 춥지 않았다. 벗어놓은 외투를 옷장에 넣어놓아야지 생각을 하는 순간 딱! 귀차니즘 스위치가 켜져버렸다. 그냥 옷걸이에 걸어 옷장 속에 넣어놓는 간단한 일인데 왠지 하기 싫은 것이다. 귀차니즘 스위치가 켜졌으니 어쩔 수 없는 일이다.

외투를 그대로 두고 작업실 의자에 앉았다. 근데 한참 뒤 겨울이가 의자 위로 올라가 그 외투 위에 올라가는 것이다. 신중하게 외투를 발로 몇 번 툭툭치고는 자신이 누울 자리를 만들었다. 그리고 이내 자리를 잡고 깊은 잠에 빠져들었다. 역시 겨울이는 나의 단점을 좋아해주는 몇 안 되는 존재인 게 분명하다. 나는 벗어놓은 외투 속에서 잠든 겨울이를 보고 그렇게 또 감동하고 말았다.


겨울이는 나에게 단점이 없는 존재다. 내가 워낙 부족한 인간이라서 겨울이의 단점은 단점도 아닌 것처럼 느껴지는지도 모르겠지만. 밥도 잘 먹고 잘 뛰어다니고 물도 잘 먹는다. 내 눈에는 그저 완벽한 동물이다. 반면 겨울이는 나의 단점을 모두 감싸주고 있는지도 모른다. '어이구 또 이불 정리도 안 했네, 이것 봐! 옷도 막 벗어놨네.'라면서 마치 어머니처럼 나를 감싸주는 것 같다. 이렇게 날 따뜻하게 감싸주는 존재가 인생에 하나라도 더 있다는 건 참 감사한 일이라고 생각한다.

# #10 겨울이의 꾹꾹이 마법

이제 나는 제법 나이를 먹은 편이 되었는데도 아직도 종종 스스로 어린 것 같다고 느낀다. 게임을 할 때나 아이스크림 가게에서 뭘 먹을지 설레는 마음으로 고민할 때가 그런 순간이다. 누구나 그렇게 어딘가 어린 부분이 남겨진 채로 자라는 걸지도 모르겠다.

겨울이도 제법 나이를 먹었지만, 여전히 내 눈에는 아기 고양이 같다. 다른 사람은 겨울이의 커다란 몸뚱이를 보고 전혀 그렇게 생각하지 않을지 모르겠지만.

겨울이가 가장 아기 같을 때가 있다. 그건 바로 꾹꾹이를 할 때다. 잠들기 전 모든 불을 끄면 겨울이는 내 옆으로 온다. 그리고는 내가 옆에 놓아둔 극세사 담요를 발견한다. 그리고 천천히 앞발로 담요를 몇 번 치고는 자연스럽게 꾹꾹이를 시작한다. 난 어둠 속에서 그런 겨울이를 지켜본다. 골골송을 부르며 아주 신중하게 한 발 한 발 정확한 리듬으로 담요를 밟는다. 그 모습은 마치 빨래를 밟고 있는 것 같기도 하다. 난 그때 가장 겨울이가 아기처럼 느껴진다. 어떠한 슬픔도 없이 자신만의 비밀스러운 행복을 내 곁에 와서 조곤조곤 말해주는 아기 말이다. 난 그 아기의 말을 조용히 듣고 미소짓다 깊은 잠에 빠져버린다. 겨울이의 꾹꾹이에는 그런 힘이 있다.

겨울이가 꾹꾹이를 한 지는 그리 오래되지 않았다. 지금 살던 집에 이사를 와서 새 이불을 샀는데, 그때 처음 꾹꾹이를 했던 것으로 기억한다. 새로 산 이불이 이전에 사용하던 이불보다는 촉감도 좋고 꽤 폭신했기 때문인 것 같다.

그전에는 겨울이가 꾹꾹이를 하지 않는 고양이라고 생각했다. 세상에 다양한 사람이 있듯, 고양이들도 저마다 성격이 다를 테니까. 하지만 겨울이가 처음 꾹꾹이를 할 때 난 왠지 기쁘기도 하면서 그동안 꾹꾹이 할 데가 없었다는 것에 미안해지기도 했다. 겨울이는 처음 꾹꾹이를 한 후로는 아주 자주 꾹꾹이를 하기 시작했고 특히 잠들기 전에 꾹꾹이를 하다 잠이 들었디.

인터넷에 찾아보니 고양이가 꾹꾹이를 하는 이유에는 여러 가지 가설이 있다고 한다. 야생 고양이가 쉬어야 할 임시 보금자리를 만들기 위해 풀이나 잎을 밟아야 했던 데에서 비롯되었다

는 설도 있고, 어미의 젖을 먹을 때 하던 행동의 잔재라는 설도 있다. 또 주인과 고양이 사이의 의사소통이라는 이야기도 있다.

난 개인적으로 꾹꾹이는 고양이가 마법을 부리고 있는 것일지도 모른다고 생각한다. 고양이가 꾹꾹이를 하며 골골송을 부르면 보이지 않는 마법 보호막이 우리 주위를 감싸는 것이다. 일명 '꾹꾹이 마법'이다. 꾹꾹이 마법 덕분에 나와 겨울이는 각종 악의 기운에서 보호를 받으며 깊은 잠에 빠져 버리는 것이다. 그렇게 생각하는 이유는 꾹꾹이를 하는 겨울이의 얼굴이 지나치게 진지하기 때문이다. 마치 중요한 의식을 치르는 마법사의 얼굴처럼. 그리고 겨울이는 꾹꾹이 마법 이후에는 늘 깊은 잠에 빠져버린다. '꾹꾹이 마법'을 사용하면 그만큼 체력 소모가 엄청난 것이다. 이렇게 고양이가 마법을 부리는 상상을 하고 있으면 어린 시절 읽던 동화책 속 주인공이 된 기분이 든다.

사실은 겨울이가 결국 '꾹꾹이 마법'을 부리든 안 부리든 중요하지 않다. 나에게 이런 따뜻함과 포근한 기분을 주는 것만으로도 감사하고 사랑스럽다.

# 집사가 좋을 때

나는 웃지 않는다. 진정한 프로는 표정에 드러나지 않는 법이지. 반면 집사는 여러 감정을 얼굴에 표현한다. 내 앞에서 웃기도 하고 인상을 쓰기도 하고 때론 아기처럼 울기도 한다. 역시 그는 아직 멀었다. 인간이란 저렇게 나약한 동물인 건가? 하지만 오늘은 기분이 좋으니까 집사의 좋은 면을 생각해보자.

집사는 매일 일을 한다. 그의 하루가 불쌍해서 하루에 한 번은 그가 일하는 곳으로 위로해주러 간다. 그가 책상에서 키보드를 두드리고 있을 때 그의 무릎 위에 점프해서 올라가는 것이다. 그리고 나의 따뜻한 체온을 나눠준다. 집사는 부드럽게 웃으며 날 몇 번 쓰다듬는다. 난 골골골 소리를 내며 더욱 응원해준다.

나의 골골골 소리와 집사가 틀어놓은 음악이 조화롭게 들린다. 사실 난 그 순간을 꽤 좋아한다. 그러다 집사는 다시 일하고 난 잠에 빠진다. 아니! 잠을 자는 게 아니다! 꿈속에서 그를 응원해 주고 있는 것이다. 난 그런 능력이 있는 위대한 고양이니까.

그런데 어릴 때는 그의 무릎에서 아주 오래 있었는데 요즘은 오래 있지 못한다. 그가 다리가 저린다며 나를 내려놓기 때문이다. 왜 다리가 저린 걸까. 난 정말 모르겠다. 그러면 난 별수 없이 침대로 간다. 하지만 내일도 그의 다리에 올라갈 거다.


침대에 왔으니 침대 이야기를 해보자. 난 침대를 좋아한다. 매트리스가 있는 말랑한 침대도 좋지만 집사 침대도 좋다. 그가 일과를 마치고 침대에 누우면 조심스럽게 그에게 다가간다. 그는 대부분 스마트폰을 보고 있는데 그때 그의 배 위에 슬그머니 올라가 눕는다. 나이를 먹을수록 집사의 배가 더 폭신해지는 것 같다. 집사 침대가 좋은 점은 두피 마사지를 받을 수 있어서다. 그저 머리를 쓰다듬는 거지만 너무 시원하고 좋다. 집사의 손에 있는 저 스마트폰만 없으면 내 머리를 더 자주, 정성껏 쓰다듬어 줄 것 같다.

그렇다. 비밀인데, 사실 나는 스마트폰을 질투한다. 스마트 폰은 얼마나 좋을까. 온종일 집사에게 쓰담쓰담을 받다니. 그래서 난 집사의 손과 스마트폰 사이에 얼굴을 집어넣고 날 더 사랑해달라고 표현하기도 한다. 그러면 집사는 스마트폰을 내려놓고 정성껏 쓰다듬어준다. 시원하고 따듯하고 행복하다. 이대로 내 몸에서 뿌리가 내려 집사 배 위에서 자라는 하나의 식물이 되고 싶을 정도로.

집사는 그림을 자주 그린다. 그걸로 돈을 벌어 내 간식과 장난감을 산다는 것도 알고 있다. 내가 집사의 그림을 봤을 때 그렇게 잘 그리는 것 같지는 않다. 하지만 열심히 하고 있다는 것은 알고 있기에 응원하게 된다. 난 그의 그림보다 그의 노력을 좋아하는지도 모르겠다. 그래, 더 열심히 해서 많은 간식과 장난감을 사줬으면 좋겠다.

어느 날은 집사가 내 앞에 종이와 펜을 내려놓았다. 그리고 나를 그려주겠다고 말하고는 나를 보며 그리기 시작했다. 그럴 필요까지는 없다고 생각했지만 어쩔 수 없었다. 난 체념하고 뮤즈가 되어주기도 했다.

'날 멋지게 그려서 인스타그램에 멋지게 올려줘.'

잠시 뒤 그의 그림을 보고 내 눈을 의심했다. 얼굴을 호빵만하게 그려놓은 게 아닌가? 난 마음에 들지 않아서 휙 돌아서 가버렸다. 근데 집사는 그 그림이 만족스러웠는지 벽에 붙여버렸

다. 이건 절대 참을 수 없었다. 내가 지나다니는 곳에 그 그림을 붙이다니! 난 내면의 야수를 끄집어내 앞발로 그림을 뜯어버렸다. 정신을 차려보니 종이는 바닥에 있고 집사는 그것을 내려다보고 있었다. 집사가 슬퍼할 줄 알았는데 웃고 있었다. 정말 이상한 녀석이다. 그래도 그가 날 그리는 건 싫지 않다. 나를 그려준다는 건 좋아해서 그런 것이니까. 집사의 눈빛을 보면 알 수 있다. 집사가 실력을 더 키워서 나를 더 귀엽고 멋지게 그려줬으면 좋겠다.

난 집사가 좋을 때가 많지만 싫어질 때도 분명 있다. 내 발톱을 깎을 때나 놀아주지 않을 때, 간식을 조금 줄 때 말이다. 생각해보면 집사도 나에게 그런 감정을 느끼고 있을 것 같다. 내가 좋을 때도 있지만 싫을 때도 있을 것이다. 그래도 집사가 나로 인해 많이 웃었으면 좋겠다고 생각한다. 난 그의 웃는 모습이 사실 제일 좋다. 집사는 나보다 귀엽지는 않지만, 웃는 모습은 꽤 근사하다고 생각한다. 오래오래 집사와 함께 살면 좋겠다.

# 어쩌다 보니
# 일러스트레이터가 되었습니다

인스타그램에 처음 그림을 올린 건 2013년 7월 30일이었다. 그때 난 서울의 한 작은 광고 회사에 다니고 있었고, 주말에는 당시 만나던 여자친구와 시간을 보내곤 했다. 그해 여름은 유난히도 더웠던 것으로 기억한다. 밖에서 데이트하기도 힘들어 시원한 집 근처 도서관에 가서 시간을 보내곤 했다. 취업 준비생이었던 여자친구는 공부를 하고, 나는 옆에서 책을 보거나 음악을 들었다.

그 무렵, '인스타그램'이라는 플랫폼을 알게 되었다. 좋아하는 연예인이 인스타그램을 하기에 나도 시작했다. 그런데 마땅히 올릴 것이 없어서 연습장에 자주 끄적이던 낙서를 카메라로 찍어서 올렸다. '태그'를 다는 법도 몰라서 대학 후배에게 배웠다. 그렇게 깊은 생각 없이 시작한 인스타그램. 그런데 내 그림에 모르는 사람이 '좋아요'를 눌러주고 댓글을 달아주는 게 아닌가! 심지어 외국인도 댓글을 달았다. 그런 반응이 신기하고 재밌어서 시간 날 때마다 그림을 그려 인스타그램에 올렸다.

지금 생각해보면 그것은 당시 회사에서 받는 스트레스를 해소하는 출구가 되어주었고 나를 위로하는 방법이었다. 그것이 나를 일러스트레이터가 되게 해줄 줄은 꿈에도 몰랐다.

내 그림을 SNS에 올리고 많은 기회가 찾아왔다. 일단 난 회사를 그만두고 일러스트레이터가 되었으며, 매년 한 번씩은 전시회를 열 기회도 생겼다. 대기업과 협업도 했고 심지어 개인 책도 낼 기회도 생겼다. 어느 작은 회사의 '대리'로 불렸던 내가 어느 순간 '작가'라고 불리고 있었다. 딱히 대단한 작품을 써낸 것도 아니라서 조금은 부끄럽기도 했지만 싫지는 않았다.

책을 써보지 않겠느냐는 제안을 받은 것도 하나의 기회라고 생각했다. 무엇을 써야 할지 아무것도 떠오르지 않았지만, 그 기회를 놓치고 싶지는 않았다. 기회는 지나가면 다시 잡을 수 없는 거니까. 그래서 겁 없이 하겠다고 했다. 책을 읽고 또 글을 쓰는 일을 즐거워했기 때문에 '어떻게든 되겠지' 하는 마음도 있었다. 근데 막상 일러스트레이터의 삶에 관해 쓰기로 했을 때 글이 잘 써지지 않았다.

일러스트레이터의 삶에 관해 쓴다는 건 나에게 두려움을 가져다주었다. 일러스트레이터가 되는 방법이나 오래 작가 생활을 하는 법 같은 것도 모르고, 나 역시 '오래오래 그림을 그리며 살고 싶다'고 간절하게 생각하는 현역이기 때문이다. 그래서 그것에 관해 쓰려고 할수록 난 두려워졌고 투명해지는 느낌마저 든 것이다. 그래서 생각한 것이 방법 같은 건 모르니 쓰지 말고, 그저 나의 일상을 자유롭게 써나가자고 마음먹었다. 거의 고양이와 함께 사는 사람의 일기가 되었지만. 아무튼 그렇게 생각하니 비교적 재미있게 글을 쓸 수 있었다.

이 책에는 집에서 고독하게 일하는 프리랜서, 한 고양이 집사의 소소한 일상이 담겨있다. 훌륭한 전문가들의 책처럼 당장에 쓸모있는 정보나 노하우는 없지만, 나의 글과 그림이 당신의 일상에 작은 위로가 되면 좋겠다.